**1**

# 2

# Nick Living

**Design & Layout: Nick Living**

<u>Impressum</u>

Herstellung und Verlag:
BoD - Books on Demand, Norderstedt
ISBN 978-3-7347-4511-9
Für den Inhalt des Buches zeichnet der Autor verantwortlich
© 2015

**Brücke**

Ron war ein erfolgloser Autor und lebte in einer spießigen Kleinstadt, in welcher sich die Leute schon ihre Mäuler zerrissen, wenn jemand nur mal falsch atmete. Es war kein einfaches Leben und Ron musste sich sein Geld hart erarbeiten. Denn seine Bücher wollte kein Verlag und so schuftete er tagein und tagaus in einem Baubetrieb als Hilfsarbeiter. Wenn er dann abends todmüde nach Hause kam, hatte er wenig Lust, etwas Spannendes aufzuschreiben. Er aß nur eine Schnitte und ging schließlich erschöpft ins Bett. So sollte es wohl nun bis an sein Lebensende weitergehen. Doch er wollte das nicht und er hatte schließlich die vermeintliche Sehnsucht, endlich aus seinem Gefängnis, welches nur aus diesem stupiden Einerlei bestand, auszubrechen. Allerdings wusste er genau, dass ihm einfach das Geld für eine Flucht, eine weite Reise ins Nirgendwo fehlte. Wie er es auch drehte, er kam immer wieder nur zu seinem langweiligen täglichen Einerlei zurück. So langsam verließ ihn der Mut und er sann über sein vorzeitiges Ableben nach. Was konnte ihm diese Kleinstadt, dieses üble Nest am Rande aller Träume schon noch bieten? Mehr als Frust und Aggressivität blieben da nicht übrig. Und so nahm er eines Morgens das Konzept für sein neues Buch, welches auch schon wieder abgelehnt wurde und verließ zu allem entschlossen seine Wohnung. Er setzte sich in sein uraltes Auto und hoffte, es würde ihn wenigstens noch bis zur nächsten Brücke karren. Es ruckelte bedenklich und Ron fiel ein, dass er nicht einmal mehr das Geld für die nächste Tankfüllung besaß. Und wie es der böse Zufall wollte, schaffte es die Rostlaube gerade noch aus der Stadt bis hin zu einer hohen Brücke. Genau in der Mitte der Brücke blieb der Wagen stehen und Ron lehnte sich genervt zurück. Er öffnete die Autotür und atmete die feuchte klare Luft in seine pfeifende Lunge. Er spürte, wie schwer ihm das Atmen fiel. Die letzten Jahre, diese schlimme Zeit, alles lag wie ein Stein auf seiner Brust. Was wäre, wenn er jetzt einfach aufhörte zu atmen? Wenn er einfach nicht mehr weiterlebte? Aber hatte er nicht genau das vor? Warum war er auf dieser Brücke? Doch nicht, um sich die Landschaft dort unten anzuschauen! Vielmehr sollte da unten am Grund des Tales sein Grab sein. Er stieg aus und stellte sich an das rostige Geländer. Und immer wieder schaute er nach oben zum Himmel. Vielleicht gab es ja doch noch ein Zeichen? Und obwohl er eigentlich gar nicht an Gott glaubte, faltete er seine Hände und schickte ein kleines Gebet dort hinauf. Vielleicht würde ja auch er mal gehört? Aber wer sollte ihn schon hören, wenn ihn all die vergangenen Jahre keiner mehr bemerkt hatte? Es war so schwierig, dieses Leben zu leben. Warum nur musste alles so enden? Warum half keiner, als es ihm so dreckig ging? Und dann diese verfluchte Stadt, diese eiskalten Leute, denen ein Menschenleben gar nichts bedeutete. Sie waren schuld an seiner Erfolglosigkeit. Sie kannten nur ihr beschissenes und tristes Spießerleben, sonst nichts. Er hasste alles um ihn herum! Und dann schaute er nach unten in dieses tiefe Tal unter der Brücke. Ein kleiner Bach schlängelte sich durch die saftigen Wiesen. Wo er wohl hinführte? Neben dem Bach wand sich eine Eisenbahnschiene durchs Gelände. Ob überhaupt je ein Zug darüberfuhr? Eigentlich hätte er sich ja viel lieber auf ein solches Gleis gelegt. Denn der lange Flug von der Brücke, bis man unten aufschlug. Hatte man da nicht noch Zeit zum Nachdenken? Und was, wenn man dann bemerkte, das man doch noch leben wollte? Auf dem Gleis konnte man wenigstens noch schnell zurückspringen, wenn man es sich anders überlegte. Einfach den Kopf zurückziehen. Aber hatte er das nicht immer so gemacht – den Kopf zurückgezogen? Hatte er nicht viel zu oft gekuscht, sich vor Angst zurück gezogen? Hätte er es nicht einfach mal drauf ankommen lassen, einfach mal laut schreien sollen, ohne nach den anderen zu schauen? Einfach mal in zerrissenen Jeans in die Oper gehen, auch wenn es sich nicht schickte? Und einen Ohrring ins Ohrläppchen gesteckt, weil man das so liebte, es einfach mal tun? Warum hatte er immer nur auf die fremden Leute, die ihn ohnehin nie verstanden, geschaut? Die waren doch nicht maßgebend für ihn! Verdammt, warum hatte er sich so schnell ins Bockshorn jagen lassen, als die Manuskripte wieder zurück kamen? Hätte er nicht was Neues schreiben sollen? Etwas, das die Leute wollten? Er stand am Geländer und stöhnte laut. Doch es hörte niemand. Es verklang einfach so in der Tiefe des Tales. Und das Tal da unten wartete schon auf seinen Leib. Und dann? Ein Kadaver mehr auf dieser Welt, wen interessierte das schon? Noch einmal ging er zurück zum Wagen und holte sein Manuskript. Dann lehnte er sich wieder ans Geländer und las es noch ein letztes Mal durch. Warum es keiner wollte, es war doch gut! Aber es hatte keinen Sinn. Das Manuskript wollte eben keiner. Und er knüllte es zusammen und warf es hinunter. Lange flog es durch die Luft und wusste wohl nicht so genau, wo es landen sollte. Irgendwann verlor Ron es aus den Augen und ihm kamen die Tränen. Wie ein Kind weinte er und rutschte kraftlos in sich zusammen. Ja, er fühlte sich unglaublich schwach. Kein Wunder, das er nichts Brauchbares mehr leisten konnte, er war einfach zu schwach, ein Schwächling! Eben jemand, der an einem wackeligen Brückengeländer irgendwo dort draußen stand und keinen anderen Weg mehr wusste, als verzweifelt da hinunter zu springen. Und dann? Gäbe es dann nicht einen Schwächling weniger auf dieser Welt? Und als er so nachdachte, bemerkte er nicht, wie sich ihm eine junge Frau näherte. Immer wieder blieb sie stehen und wusste wohl nicht so recht, ob sie ihn ansprechen sollte oder nicht. Ron kniete am Brückengeländer und sah wirklich bemitleidenswert aus. Die junge Frau trat mutig an ihn heran und fragte ihn, ob sie ihm irgendwie helfen könnte. Doch Ron wischte

sich schnell die Tränen aus dem Gesicht, schüttelte nur mit dem Kopf und wollte sich schnell in seinen Wagen flüchten. Doch da sah er, das die junge Frau etwas in ihren Händen hielt, das ihm sehr bekannt vorkam: sein Manuskript. Es musste wohl unten auf der Wiese gelandet- und in die Hände dieser jungen Frau gelangt sein. Er schaute sie mit großen Augen an und vergaß vor Erstaunen, seinen Mund zu schließen. Die junge Frau lächelte verlegen und hielt ihm das zerknitterte Manuskript unter die Nase. Dann sagte sie mit leiser Stimme: „Gehört das Ihnen?"
Ron wusste nicht, was er nun sagen sollte. Er könnte jetzt einfach losfahren und irgendwo anders seinen teuflischen Plan in die Tat umsetzen. Er könnte aber auch einfach nur „Ja" sagen und abwarten, was die junge Frau noch von ihm wollte. Noch zögerte er. Doch dann stieg er wieder aus dem Wagen und sagte: „Ja!"
Die junge Frau gab ihm das Manuskript jedoch nicht einfach zurück. Recht keck sagte sie: „Ich hab's unten auf der Wiese gefunden. Es muss Ihnen wohl aus der Hand gefallen sein. Ich hab mal kurz drin gelesen - und - es ist gut! Ja, wirklich, es ist echt toll!" Ron glaubte, seinen Ohren nicht zu trauen. Hatte diese kleine, wirklich gut aussehende Frau tatsächlich sein Manuskript gelobt? Oder wollte sie ihn nur verhöhnen? Aber warum sollte sie das tun? Sie hatte ja nichts davon, brauchte das Manuskript ja nur wegzuwerfen und gar nicht mit ihm sprechen. Nein, sie musste es ehrlich gemeint haben. Und dann, als

Ron noch immer schwieg, sagte sie schnell: „Ach so, ich vergaß mich vorzustellen. Mein Name ist Jane Cardiff, Verlegerin. Ich würde das Manuskript mal mitnehmen und vielleicht ein Buch draus machen, was halten Sie davon?" Sie lehnte sich ans Geländer neben Ron und schaute in die warme Sonne hinauf. Dann warf einen verwegenen Seitenblick auf Ron und nickte ihm noch einmal zu. Ron konnte es nicht fassen. Eben noch hatte er den Tod in seinen Augen und nun kam plötzlich diese junge Frau wie ein Engel aus den Wolken und bot ihm so etwas Tolles an. Das konnte doch nur ein Traum sein. Er zwickte sich in den Arm und schrie laut: „Au!" Die junge Frau erschrak. „Oh mein Gott!", rief sie aufgeregt, „Ist Ihnen schlecht? Soll ich Sie zum Arzt bringen?" Doch Ron beruhigte sie und meinte, dass es ihm gut ginge und nichts passiert sei. Erleichtert lehnte sich die Frau wieder ans Geländer und erkundigte sich bei Ron, ob sie beide wirklich noch länger an diesem langweiligen Brückengeländer herumstehen wollten. Und Ron musste lächeln. Plötzlich fand er sich so grenzenlos dämlich, das er ganz verlegen in die Luft starrte. Schließlich stellte er sich vor: „Ähm, entschuldigen Sie, mein Name ist Ron. Soll ich Sie mit meinem Wagen mitnehmen?" Die junge Frau nickte und sie stiegen in Rons Fahrzeug. Leider sprang der alte Klapperkasten nicht mehr an. Ron grinste, ihm war diese ganze Situation wohl mehr als peinlich. Doch dann sprang der Wagen doch noch an und die beiden fuhren in die Stadt zurück. Unterwegs boten sie sich das „Du" an und Ron hatte ein ganz merkwürdiges Gefühl in seinem Magen. War es Übelkeit oder Schwindel? Irgendwie schien alles zusammen sein Wohlbefinden zu stören. Doch als er in Janes Augen blickte, hatte er sogar Schwierigkeiten, das Lenkrad zu bedienen und beinahe wären sie in einem Hühnerstall gelandet. Jane jedoch fand das alles sehr lustig und amüsant. Die beiden fuhren zunächst zu Ron, der all seine Manuskripte zusammen suchen sollte. Und dann düsten sie mit Janes rasantem Schlitten nach L.A. zu ihrer Verlag. Der Roman wurde schließlich verlegt und wurde schon nach kurzer Zeit ein Bestseller. Ron verdiente viel Geld damit und schrieb ein Buch nach dem anderen. Und noch etwas Wunderbares geschah: er heiratete Jane, die ihm auf jener Brücke, am Rande aller Träume sein Leben zurückgebracht hatte. Doch war es wirklich Jane, die ihn errettete? War es nicht vielmehr er selbst, sein Wille und sein Mut, doch weiterzukämpfen, was ihn schließlich auf die Straße des Ruhmes brachte? Niemand wollte das noch wissen! Es war gut, so wie es war. Und es war ja auch etwas Schönes, dass sich Ron für etwas entschieden hatte, dass ihm beinahe abhandengekommen wäre - für das Leben, für SEIN Leben!

**Fahrrad**

Claas lebte allein in seiner kleinen Stadt. Schon seit Monaten suchte er nach einer Frau. Aber keine ließ sich blicken und diejenigen, die Interesse zeigten, gefielen ihm nicht. So musste er weiterhin allein sein Leben fristen. In einem Internetchat fand er schließlich eine nette schwarzhaarige, allerdings ein wenig ältere Dame, die ihm irgendwie gefiel. Ihr Charme und ihre Durchsetzungskraft hinterließen einen großen Eindruck bei ihm. Sie schien das zu sein, was er immer wollte, eine verständnisvolle Frau. Sie hieß Sybill und war manchmal ein wenig herrschsüchtig. Sie wollte unbedingt, dass er eine recht hohe Lebensversicherung abschloss, bei welcher sie die Begünstigte in seinem Todesfalle wäre. Doch damit wollte Claas zu Sibylls Leidwesen noch warten. Er arbeitete von früh bis spät und brachte viel Geld nach Hause. Doch die neue Freundin gab alles mit vollen Händen aus. Und wenn das Geld dann doch nicht mehr reichte, schickte sie Claas wieder zur Arbeit. Er sollte Überstunden machen, damit noch mehr Geld ins Haus käme. Und so bemerkte Claas gar nicht, wie Sybill mehr und mehr die Oberhand im Hause übernahm. Irgendwann diktierte sie Claas durch das Haus und wies an, was er alles zu tun hatte. Und Claas schien sämtliche Vorsätze, die er sich einst gesetzt hatte, über Bord zu werfen. Sybill lag auf dem Sofa und rekelte sich stundenlang gemütlich im Schlaf. Claas hingegen ging es von Jahr zu Jahr immer schlechter. Am Tage rackerte er sich ab, um am Abend von Sybill die schlimmsten Vorwürfe zu hören. So konnte es einfach nicht weitergehen. Doch Claas bemerkte nicht, wie falsch und böse Sybill wirklich war. Eines Tages traf er seine Schwester Gunda im Supermarkt. Weil sich die beiden lange nicht mehr gesehen hatten, lud er sie zum Kaffee ein und beide gingen danach zu Claas nach Hause. Das schien Sybill ganz und gar nicht zu gefallen. Sie fauchte Gunda an und brüllte mit Claas herum, dass er diese Person sofort wieder aus dem Hause jagen möge. Doch Gunda, die von Beruf Wahrsagerin war und Claas schon oft die Zukunft voraussagte, warnte ihren Bruder. Sie meinte, dass diese Frau das Böse an sich trug und er sie schnellstens wegschicken sollte. Claas tat das schließlich, obwohl er wusste, dass er dann wieder allein leben müsste. Sybill schrie fürchterlich im Hause herum, als sie von Claas´ Plänen erfuhr. Sie wollte einfach nicht gehen. Doch Claas ließ sich nicht beirren und setzte einfach ihre Koffer vor die Tür, bevor er sie selbst aus dem Hause schob. Wütend lief Sybill durch die Straßen und sann nach Rache. Doch sie konnte nichts tun, denn sie hatte keine Möglichkeit mehr, in Claas´ Haus und in dessen Vertrauen zu gelangen. Eines Tages las Claas einen merkwürdigen Artikel in der Zeitung: Mann ermordet. Täter flüchtig! Es handelte sich hierbei um einen alleinstehenden Mann, der ebenfalls auf der Suche nach einer Partnerin war und ganz in der

Nähe lebte. Claas hatte zwar schon einen vagen Verdacht, denn er glaubte, dass Sybill hinter diesem Mord steckte. Allerdings konnte er das niemals beweisen und so dachte er irgendwann nicht mehr daran. Die Weihnachtszeit kam und Claas kaufte Geschenke für seine Schwester Gunda ein. Und auch er wurde von ihr beschenkt. Er bekam ein neues schneeweißes Fahrrad, welches er sich immer schon gewünscht hatte. Die Freude war riesig und er konnte seiner Schwester gar nicht genug für dieses schöne Geschenk danken. Doch Gunda meinte nur, dass er immer gut auf das Rad aufpassen möge. Es würde ihm bald von großem Nutzens ein. Als schließlich erneut der Postbote kurz vor seiner Tür stand, wunderte er sich, denn er erwartete keinerlei Postsendungen mehr. Der Postbote wollte ihm gerade das Paket in die Hand drücken, da rutschte er plötzlich auf den glatten Marmorstufen aus. Dabei ließ er das Paket fallen, das polternd die Stufen hinunter fiel. Im Keller krachte es gegen das Fahrrad von Gunda und explodierte. Claas und der Postbote bekamen einen gehörigen Schreck. Und als die Polizei wenig später den Vorfall untersuchte, wurde festgestellt, dass es sich um eine Paketbombe handelte, die irgendjemand an ihn verschickt hatte. Claas konnte nicht glauben, dass es jemanden geben sollte, der ihm ans Leben wollte. Doch als er sich sein neues Fahrrad anschaute und nach Schäden untersuchte, fiel ihm etwas Merkwürdiges auf. Obwohl das Fahrrad vollkommen unversehrt schien, waren doch die Speichen des Vorderrades recht seltsam verbogen. Und als Claas genauer hinsah, bemerkte er, dass die deformierten Speichen einen Namen bildeten. Entsetzt las er den Namen seiner ehemaligen Freundin Sybill. Die musste hinter dieser furchtbaren Attacke gegen ihn stehen. Er konfrontierte die Polizeibeamten mit seinem Verdacht. Und wenig später wurde Sybill festgenommen. Sie wollte gerade zum Flughafen aufbrechen, um sich ins Ausland abzusetzen und war im Besitz eines gefälschten Reisepasses. Außerdem fand man in ihrem Gepäck das Handy und das Sparkassenbuch des ermordeten Mannes. Claas war erleichtert, dass er Sybill entlarven konnte. Und nur noch einmal verformten sich die Speichen von seinem engelsweißen Fahrrad. Sie stellten folgende Worte dar: Sybill ist in Haft, für immer!

**Spuk**

Es war nicht allein die Tatsache, dass man in der Auffahrt des herrschaftlichen Hauses in Beverly Hills die Leiche der Millionärswitwe Shila Crawford gefunden hatte, und dass sich ein Inspektor, der für parapsychologische Fälle zuständig war, dieser Sache annahm. Vielmehr war es der Umstand, dass sich die Leiche vor den Augen des Inspektors in ein eisernes, schwarzes Kreuz verwandelte und sich nicht bergen ließ. Inspektor Blain war sich sicher, dass es sich um einen alten Fluch handeln musste. Denn er kannte so etwas aus vergleichbaren Fällen, bei denen durchaus solcherlei Verwandlungen stattfanden. Allerdings gestaltete es sich mehr als schwierig, das Kreuz aus der Auffahrt zu schneiden. Als man es schließlich endlich aus dem Boden reißen konnte, ertönte ein gellender Schrei, der gespenstisch durch die vornehme Allee hallte. Der Inspektor und sein kleines Team konnten mit alledem nichts anfangen. Als Blain jedoch das fürstliche Gebäude betrat, wusste er nicht, wie er das Ganze noch verstehen sollte. Denn das Haus war leer. Nicht ein Möbelstück befand sich darin, nicht einmal ein Telefon, nichts. So etwas hatte Blain noch nie erlebt. Wie konnte die tote Witwe vor diesem Hause liegen, wenn sie doch gar nicht mehr dort lebte? Anwohner bestätigten, dass sie Mrs. Crawford jeden Tag am Eingang gesehen haben wollten. Aber wie konnte das sein, wenn das Haus doch völlig leer war? Welchen Sinn sollte das machen? Mrs. Crawford wurde als sehr charismatisch geschildert. Sie stand mit beiden Beinen auf der Erde und hielt angeblich nichts von übernatürlichen Phänomenen. Wie konnte sie dann in einem Haus leben, in welchem es keine Einrichtung gab? Der Inspektor hatte den Verdacht, dass es nur ihr Geist war, der in diesem Hause ein- und ausging. Ihr menschlicher Leib war längst gestorben, doch auf dem Friedhof lag er nicht. Sollte am Ende die arme Mrs. Crawford umgebracht, und ihr Leichnam anderswo entsorgt worden sein? Die Spürhunde jedenfalls fanden nichts. Dem Inspektor blieb schließlich nichts weiter übrig, als sich selbst auf die Lauer zu legen. Und das konnte er nur nachts tun, weil er wusste, dass Geister oft in der Nacht aktiv seien. An jenem regnerischen Donnerstag postierte er seinen unscheinbaren Wagen an einer dunklen Wegegabelung. Er hatte gute Sicht zu dem Gebäude und nur der Regen tropfte in gleichmäßigem Takt aufs Autodach. Blain wurde müde und hatte mächtig zu tun, sich wach zu halten. Bis Mitternacht geschah nichts und ihm fielen bereits die Augen zu. Und es war schließlich gegen Mitternacht, als er bereits an den Abbruch seiner Beobachtungen dachte. Aber er zwang sich wach zu bleiben. Vielleicht würde sich doch noch etwas tun. Gegen halb Zwei vernahm er plötzlich ein seltsames Rumoren. Es musste aus dem Inneren des Hauses kommen. Doch er hatte niemanden hinein gehen sehen. Und einen Hintereingang gab es dort nicht. Blain stieg aus dem Wagen und hatte seine Waffe im Anschlag. Vorsichtig schlich er sich unter den Bäumen an die Hauswand. Von dort beobachtete er den Eingang. Aber was war das? Da lag jemand in der Einfahrt, wer konnte das sein? War das echt oder nur eine Finte? Wusste irgendjemand, dass er das Haus beobachtete und wollte ihm eine Falle stellen? Blain rührte sich zunächst nicht, wollte die Lage sondieren. Doch die Person lag noch immer regungslos in der Einfahrt. Und plötzlich fuhr ein eiskalter Wind über das Gelände. Blain hielt kurz inne, sollte er sein Vorhaben doch abbrechen? War es nicht viel zu gefährlich, bei diesem Wetter und mitten in der Nacht in dieser Einsamkeit den Helden zu spielen? Doch er war einfach zu neugierig und zu professionell, um seinen Job nur halb auszuführen. Er wollte alles, wollte genau wissen, was sich hinter diesem mysteriösen Fund der Leiche von Mrs. Crawford und dem schwarzen Kreuz steckte. So schlich er einfach weiter und presste sich dabei dicht an die düstere Hauswand. Als er neben der Einfahrt stand, traf ihn beinahe der Schlag - in der Einfahrt lag eine verbannte Leiche! Er näherte sich dem Leichnam, wollte genau wissen, ob er vielleicht noch erkennen konnte, ob es ein Mann oder eine Frau war. Doch als er unmittelbar vor dem Leichnam stand, löste sich dieser in Luft auf. Anstelle des toten Körpers lag ein schwarzes Kreuz. Plötzlich ertönte ein lautes Kreischen - Blain wich entsetzt zurück.

Dutzende Fledermäuse stießen aus dem Kreuz hervor, umkreisten es panisch und flogen in den schwarzen Nachthimmel hinein. Der Inspektor hatte sich hinter einem dicken Baumstamm verborgen und nicht gewagt, hervorzutreten. Ihm war nicht wohl bei dem Gedanken, dass sich die wilden Fledermäuse möglicherweise auf ihn stürzen könnten. Denn sein Wagen parkte ein Stück weit von ihm entfernt und er konnte sich nicht so schnell in Sicherheit bringen. Doch die Fledermäuse kamen nicht mehr zurück. Nur das schwarze Kreuz lag bedrohlich in der Einfahrt. Der Inspektor schaute sich das Kreuz genauer an. In das Metall waren zwei Buchstaben einritzt, genauer, es waren Hieroglyphen. Was konnten sie bedeuten? Schließlich hatte er eine Idee. Vielleicht war das ein Hinweis auf den Friedhof? Zwar hatte man dort keine Grabstelle von Mrs. Crawford gefunden, doch vielleicht war gerade dieses schwarze Kreuz ein Hinweis darauf, dass sich ja doch etwas auf dem Friedhof befand. Blain versuchte, die Eingangstür zu öffnen. Es gelang ihm und er trat ein. Vielleicht gab es doch noch etwas Außergewöhnliches zu entdecken, was er bisher übersehen hatte. Doch das Haus war auch diesmal leer und nichts deutete auf Mrs. Crawford Anwesenheit hin. Allerdings spürte der Inspektor auch diesmal wieder diesen eiskalten Wind, der durch die Räume zog. Es wurde so eisig kalt, dass sich Eiszapfen an den Fensterkreuzen bildeten. So etwas hatte Blain noch nie erlebt. Draußen war es angenehm warm und hier drin hingen Eiszapfen. Er verließ das leere Haus und setzte sich in seinen Wagen. Als er noch einmal zum Haus schaute, sah er die vermisste Mrs. Crawford mit weit aufgerissenen Augen in der Einfahrt des Hauses stehen. Sie blickte mit ihren rot blitzenden Augen zu ihm herüber und er spürte, wie ihm eine Gänsehaut über den Rücken lief. Doch er wusste, dass es nur der Geist der alten Millionärswitwe war. Wollte sie ihm vielleicht einen Hinweis geben? Das schwarze Kreuz, die Fledermäuse, die verbrannte Leiche, und nun dieses Phantom dort in der Einfahrt. Er startete den Wagen und fuhr zum Friedhof. Er wusste nicht so genau, ob er sich dieses Abenteuer wirklich noch antun sollte. Doch mutig stieg er aus und lief ein wenig ziellos den Friedhofsweg entlang. Und hier spürte er deutlich wieder diesen eiskalten Wind, der draußen auf der Straße nicht da war. Also konnte er nur auf dem richtigen Wege sein, glaubte er. Sollte Mrs. Crawford irgendwo hier begraben liegen? Er lief von Grabstelle zu Grabstelle, wollte sich auf sein Gefühl verlassen, dass ihm vielleicht verriet, ob es eine Anomalie gäbe, eine Veränderung der Luft, der Situation oder der Grabsteine gab. Doch als er an der Grenze des Geländes angekommen war, konnte er noch immer nichts fühlen, was ihn auf die Spur von Mrs. Crawford hätte bringen können. Die Ziegelmauer, die den Friedhof eingrenzte, sah jedoch sehr merkwürdig aus. An ihr hafteten Eiskristalle und der Inspektor konnte sich das nicht erklären. Es sah ähnlich aus wie im Haus. Es fehlten nur noch die Eiszapfen. In der Anordnung der Ziegel fand er eine Unstimmigkeit. In einem Bereich von ungefähr einem halbem Meter lagen die Ziegel anders übereinander als in der übrigen Mauer. Als er daran rüttelte, fielen einige Ziegel sogar aus der Mauer. Plötzlich flogen Fledermäuse um ihn herum. Offenbar wollten sie nicht, dass er weiter in die Mauer vordrang. Doch er ließ sich nicht beirren, trug die Ziegel der Anomalie ab und leuchtete mit einer Taschenlampe in das dahinter befindliche Loch. Und dort sah er sie, die Leiche, von der er annahm, dass es die Leiche von Mrs. Crawford war. Er informierte sofort seine Kollegen von der Kripo und die Spurensicherung. Die bestätigte wenig später seinen Verdacht. Die Leiche war stark angekohlt und schien im Feuer gelegen zu haben. Doch das Merkwürdigste war, dass sie auf ein großes schwarzes Kreuz gebunden war. Im Kreuz fand man wieder die beiden Hieroglyphen. Doch diesmal konnte man sie entschlüsseln. Sie waren ein Zeichen des Satans, die Zahl 66! Auf dem Kreuz war die Zahl nicht mehr richtig zu erkennen, denn sie war längst vom Rost zerfressen. Aber wie konnte überhaupt ein Satanszeichen auf dem Kreuz sein? Und warum war Mrs. Crawford auf das Kreuz gebunden worden? Wieder einmal tappte der Inspektor im Dunkeln. Und wieder musste er ganz von vorn beginnen. Wer hatte Mrs. Crawford umgebracht? Hatte sie überhaupt jemand umgebracht? Eine Spurensuche war faktisch nicht möglich, denn es

gab ja keine weiteren Spuren. Man wusste nur von dem Kreuz und der darauf festgebundenen Mrs. Crawford. Es war wieder eine verregnete Nacht, in welcher sich der Inspektor zum Haus der Mrs. Crawford begab. Diesmal wollte er nichts beobachten, denn er wusste ja nicht so genau, was er da beobachten sollte. Er betrat das Haus und untersuchte noch einmal jedes einzelne Zimmer. Und es war wie in den bereits vergangenen Untersuchungen, nichts war zu finden. Stöhnend setzte er sich auf ein Fensterbrett und sofort umgab ihn wieder dieser eiskalte Wind. Wieder bildeten sich in Sekundenschnelle dicke Eiszapfen an den Fenstern. Plötzlich fiel ihm ein, dass ihm diese Eiszapfen vielleicht auch ein Zeichen geben könnten. Denn was zeigten sie an: Kälte! Und wo war es in diesen lauen Nächten kalt? Im Keller! Doch einen Keller hatte man nie gefunden. Offenbar gab es keinen, oder doch?
Er ging noch einmal durch die Eingangshalle. Und zunächst entdeckte er nichts, dass auf einen solchen Keller hinweisen könnte. Doch dann fand er einen unscheinbaren Einbauschrank. Er öffnete ihn und konnte zunächst nichts Außergewöhnliches feststellen. Als er sich aber in den Einbauschrank stellte, um ihn von innen an allen Seiten abzuklopfen, bemerkte er tatsächlich eine hohle Stelle. Dahinter musste sich irgendetwas befinden, vielleicht ein Keller? Blain wusste nicht genau, ob er die Rückwand eintreten sollte oder doch lieber bis zum nächsten Tage warten sollte. Irgendein Gefühl, das er sich nicht erklären

konnte, trieb ihn jedoch dazu, die Rückwand einzutreten. Diese gab sofort nach und splitterte auf. Dahinter befand sich eine schmale Wendeltreppe. Die Kälte, die dem Inspektor an dieser Stelle entgegenschlug, war wesentlich stärker als jene, die ihn im Hause umgab. Mit seiner Taschenlampe bewaffnet schlich er die enge Treppe nach unten. Als er schließlich in dem modrigen, muffig riechenden Raum stand, fing der helle Lichtkegel seiner Taschenlampe mehrere Erdhaufen auf dem Boden ein. Unzählige Fledermäuse hingen an den Wänden und einige flogen, aufgeschreckt vom plötzlichen Licht, kreischend durch den Raum. Blain wusste sofort, was das zu bedeuten hatte. Offenbar befand er sich auf einem Friedhof! Mit seiner Hand kehrte er die Erde auf einem der Haufen ein wenig beiseite. Da ragte ihm eine skelettierte Hand entgegen. Sofort rief er seine Kriminalkollegen. Und schon nach einer Stunde hatte man insgesamt acht Erdhügel abgetragen. Darunter befanden sich die Knochenreste von toten Menschen. Es handelte sich um Personen, die in den letzten dreißig Jahren als „Vermisst" gemeldet- und nie gefunden wurden. Als man die Gebeine der Toten ausgegraben hatte, legte sich der eiskalte Wind und die Fledermäuse verschwanden im Nichts. Der Inspektor begab sich wieder nach oben. Einer der Eiszapfen, der am Fensterkreuz hing, war bereits herabgefallen und hatte die Heizungsabdeckung darunter stark beschädigt. Blain schaute nach und entdeckte ein altes Buch, welches jemand

dort versteckt haben musste. Es war von Schmutz und Spinnweben umhüllt. Blain entfernte den Schmutz und schlug das Buch auf. Es handelte sich um ein Tagebuch. Es gehörte dem alten Millionär und Eigentümer des Hauses, Mr. Crawford. In seinem Tagebuch entdeckte man schließlich die Lösung des Falles. Demnach war Mrs. Crawford einst aus Rumänien in die USA eingereist. Ihre Vorfahren waren Verwandte des berüchtigten Vampirs Graf Dracula. Mr. Crawford hatte sich schließlich in die einst schöne Frau verliebt. Sie heirateten und bekamen drei Kinder. Doch irgendwann wurde Mrs. Crawford von ihrer familiären Vergangenheit eingeholt. Sie musste töten! Sie brauchte das Blut von Menschen. Und sie bemächtigte sich schließlich zunächst des Blutes ihrer drei Kinder, die sie später im Keller begrub. Die Familie hatte Geschäftsfreunde, die immer wieder zu Besuch zu den Crawford kamen. Mrs. Crawford lockte einen nach dem anderen in den Keller, wo sie sich schließlich auf ihre Opfer stürzte, um deren Blut zu trinken. Irgendwann kam ihr Ehemann hinter das grausige Geheimnis seiner Frau. Er stellte sie zur Rede und sie verstrickte sich in Widersprüche. Er schlich sich in sein Zimmer und wollte von dort die Polizei rufen.
Die Eintragung im Tagebuch endet mit dem Satz: Oh Gott, sie hat mich entdeckt, sie kommt gleich ins Zimmer. Ich kann nur noch beten, dass sie mich nicht auch noch tötet! Mit diesen furchtbaren Worten endeten die Eintragungen. In sei-

ner Panik musste er das Tagebuch hinter der Heizungsverkleidung versteckt haben. So konnte es weder seine blutrünstige Ehefrau finden noch später bei den Ermittlungen der Polizei entdeckt werden. Der hartnäckige Inspektor aber fand diese Spur. Sämtliche Tote wurden bestattet. Auch Mrs. Crawford, deren Seele vermutlich vom Leibhaftigen geholt wurde. Nur das schwarze Kreuz mit der Zahl 66 wurde immer wieder gesichtet. Schließlich entdeckte man in einem der Erdhügel im Keller ein zerschlissenes Schriftstück. Es war eine Urkunde, in welcher Mrs. Crawford irgendetwas unterschrieben hatte. Demnach hatte sie ihre Seele dem Teufel verschrieben und ihre Unterschrift mit ihrem eigenen Blut darunter gesetzt. Als man Mrs. Crawfords Gebeine beerdigte, sprachen später mehrere alte Damen aus der Stadt, man habe in den Tagen nach der Beerdigung eine in schwarze Gewänder gehüllte Frau über den Friedhof wandeln sehen. Und über ihr flogen unzählige von Fledermäusen. Ein schwarz gekleideter Mann habe sie schließlich dort abgeholt. Die beiden seien in einem feuerspeienden Erdloch verschwunden und nie wieder zurückgekehrt. Und als man daraufhin das Grab der Mrs. Crawford exhumierte, erstarrte man vor Schreck. Denn der Sarg war leer …

**Der Turm**

Die Millionärswitwe Agnes Miller wollte sich an jenem regnerischen Donnerstag auf den Weg zu ihrem Bankhaus begeben. Da sie nicht mehr sehr jung war, fühlte sie sich nicht sehr wohl. Doch das schien sie nicht zu stören. Denn noch am Morgen entließ sie auf telefonischem Wege einen ihrer Geschäftsführer, der ihr angeblich zu langsam arbeitete. Nachdem sie bereits die Hälfte ihres Bankhauses unter fadenscheinigen Gründen aus dem Hause gejagt hatte, musste sie nun endlich nach dem Rechten sehen. Und auch, wenn sie das überhaupt nicht wollte und bei diesem schlechten Wetter viel lieber in ihrem Schloss vor dem Kamin sitzen würde, trieb sie ihre Unruhe hinaus. Sie ließ sich von ihrem Diener Paul die lange schwarze Strechlimousine vor die Tür fahren und wartete nur noch auf den Schirm, den Paul über ihr stark geschminktes Haupt zu halten pflegte. Paul erschien und Agnes ließ sich stöhnend und vor sich hin schimpfend auf die weichen Lederpolster der Rückbank ihres Fahrzeuges fallen. Dann rief sie nur noch: „Worauf warten Sie noch, wollen Sie hier herumstehen, bis ich tot aus dem Wagen falle?", und Paul fuhr los. An diesem Tage jedoch schien sich alles gegen sie verschworen zu haben. Viele Straßen waren wegen Überschwemmungen gesperrt und Paul musste einen riesigen Umweg fahren. Leider verfuhr er sich derart, dass er den Wagen erst vor einem Waldstück, wo es nicht mehr weiter ging, zum Stehen brachte. Agnes schob das schwarze Gardinchen am Fenster beiseite und rief: „Seit wann befindet sich meine Bank im Wald?" Paul wollte noch etwas zu seiner Rechtfertigung einwerfen und auf die Umleitungen hinweisen, doch Agnes rief wütend: „Was sagen Sie da? Sind Sie verrückt? Wollen Sie mich etwa entführen? Öffnen Sie den Wagen! Wenn Sie nicht fähig sind, die Bank zu finden, muss ich eben laufen! Und Sie tragen meine Laptoptasche! Na los, ich bin nicht zum Schlafen hier!" Paul sprang aus dem Wagen und öffnete die Tür. Agnes stieg stöhnend aus und Paul hielt den Schirm über sie. Augen rollend und schlecht gelaunt lief Agnes los, allerdings geradewegs in den Wald. Paul wagte nicht, etwas zu sagen, und Agnes hätte ihm vermutlich gehörig ihre Meinung gesagt. Sie liefen und liefen und schienen sich immer noch mehr zu verlaufen. Schließlich meinte Paul, dass er mal dringend müsste. Agnes fauchte ihn an, er sollte sich gefälligst beeilen. Und als Paul hinter den Bäumen verschwand, schaute sich Agnes ein wenig unsicher um. Noch nie war sie allein in einem Wald und noch niemals fühlte sie sich so schlecht wie an diesem kalten Nachmittag. Als Paul nach zehn Minuten noch immer nicht zurückkehrte, rief Agnes laut: „Paul, wo blieben Sie denn! Ich darf Sie daran erinnern, dass wir etwas vorhaben! Außerdem könnte ich Sie entlassen, wenn Sie streiken! Ich hab Ihnen schon tausendmal gesagt, dass es nicht mehr Gehalt gibt!" Es kam jedoch keinerlei Antwort. Paul war nirgends zu sehen und die seltsame Stille, die nur vom Wind, der sich zwischen den Bäumen des Waldes verfing, unterbrochen wurde, ließen Agnes ängstlich werden. „Paul!", rief sie laut, „Sind Sie noch da? Paul!" Doch es kam keine Antwort. Agnes wusste nicht so genau, was sie tun sollte. Sollte sie in die entgegen gesetzte Richtung laufen, um zum Wagen zurück zu kommen? Aber wo war die entgegen gesetzte Richtung? Sie wusste ja nicht einmal, wo sie war, geschweige, wo sie her gekommen war. Sie verzog ihr Gesicht und lief los. Das Gebüsch wurde immer dichter und der Regen immer stärker. Es gab keinen Weg und Agnes musste sich durchs Unterholz kämpfen. Irgendwann war sie derart aus der Puste gekommen, dass sie sich auf einen Baumstumpf setzte um zu verschnaufen. Das seltsame Knacken, welches aus allen Richtungen an ihre Ohren drang, war kaum noch auszuhalten. Als sie das Gebüsch vor sich ein wenig auseinanderdrückte, sah sie zwischen den hohen Bäumen des Waldes einen rätselhaften Turm. Er sah so merkwürdig aus, dass sie neugierig wurde. Doch sie fürchtete sich auch. Sollte sie dorthin gehen? Es half nichts, sie musste es wagen, denn sie fror und es wurde immer dunkler. Es brachte gar nichts, wenn sie in der Dunkelheit nach dem Wagen suchte. Außerdem würde sie an diesem Abend ganz sicher nicht mehr in die Bank kommen. Ein wenig nervös zog sie ihr Handy aus der Manteltasche. Und natürlich hatte sie kein Netz. Ärgerlich schob sie das Handy in die Manteltasche zurück. Als sie sich von dem kalten Baumstumpf erhob, spürte sie, wie ihr sämtliche Knochen und Gelenke schmerzten. Ihre Kleider hatten die Grenze ihrer Schutzfunktion, die Nässe abzuhalten, längst überschritten. Andauernd musste sie niesen und sie fühlte sich so richtig schlecht. Mühsam war der Weg durchs sperrige Unterholz. Doch plötzlich lichtete sich das Gebüsch und sie stand vor dem sonderbaren Turm. Er war ebenso hoch wie die umstehenden Tannen und besaß eine Kanzel ganz oben. Agnes ging zu der schmalen rostigen Metalltür. Sie ließ sich mühelos öffnen und im Inneren des winzigen Treppenhauses, führte eine rostige Wendeltreppe nach oben. „Auch das noch! Auch noch Treppensteigen! Die hatten wohl mal wieder kein Geld für einen Lift oder so was!", rief Agnes laut und stieg die knackenden Stufen nach oben. Da sie kaum noch etwas erkennen konnte, holte sie ihre kleine Taschenlampe aus ihrer Aktentasche. Der Wind hatte sich unterdessen in einen heftigen Sturm verwandelt und erzeugte im Inneren des Turmes ein merkwürdiges Geräusch. Es pfiff und dröhnte und Agnes schaute sich ständig um, denn sie hatte das Gefühl, verfolgt zu werden. Vielleicht hätte sie die Tür nach einem Riegel untersuchen sollen? Als sie endlich oben war, staunte sie. Denn sie stand in einem kleinen Raum mit großen Fenstern, in dem kleine alte Holzstühle an einem winzigen Tisch standen. Darauf thronte ein uralter schmiedeeiserner Kerzenleuchter. Agnes holte ihr Feuerzeug aus der Tasche und zündete die Kerzen an. Welch ein gemütliches Licht die Kerzen erzeugten – Agnes war beeindruckt. Sogar einen Schrank gab es dort. Sie öffnete ihn und staunte noch mehr, denn in seinem Inneren lagen einige Konserven und einige Flaschen Wein. Agnes nahm eine Flasche und las das Etikett - es war ein 74er Bordeaux. Da sie durstig war und gegen einen Schluck Rotwein nichts einzuwenden hatte, suchte sie in ihrer Handtasche nach ihrem kleinen Besteck, welches sie für alle Fälle stets bei sich trug. Sie fand es und öffnete die Weinflasche. Im Schrank entdeckte sie mehrere Gläser. Sie nahm eines aus dem Schrank und füllte es mit dem köstlichen Nass. Als sie das Glas geleert hatte, vernahm sie plötzlich ein Geräusch. Sie schaute aus dem Fenster, doch es war bereits so dunkel, dass sie nichts erkennen konnte. Außerdem schien draußen ein entsetzlicher Orkan zu toben. Es pfiff und dröhnte, dass sie Angst hatte, der schmale Turm könnte diesen Naturgewalten nicht standhalten. Als das Geräusch immer deutlicher zu hören war, wollte Agnes die Kerzen ausblasen, um nicht entdeckt zu werden. Doch da vernahm sie eine Stimme: „Hallo! Ist da jemand, hallo!" Es war eine Frauenstimme und Agnes war erleichtert. „Ja, hier oben! Kommen Sie ruhig rauf, hier gibt's sogar Wein!", rief Agnes zurück. Stöhnend erschien der Kopf einer Frau, die wohl im gleichen Alter wie Agnes sein musste, hinter dem rostigen Treppengeländer. „Kommen Sie ruhig rein!", rief Agnes ungerührt,

„Ich hab schon eine Flasche Wein aufgemacht!" Die fremde Frau wischte sich das Regenwasser aus dem Gesicht und stand erschöpft im Raum. Agnes schaute sie verständnislos an und rief dann: „Na worauf warten Sie noch? Kommen Sie und machen Sie es sich bequem! Ich schenke Ihnen mal ein Glas ein!" Die fremde Frau rang sich ein unsicheres Lächeln ab und sagte dann: „Da ist ja nett, ach, übrigens, mein Name ist Senta, Senta Krause. Ich hab mich verlaufen, wollte Pilze suchen, bin ja eigentlich nur zur Kur in der Gegend. Aber wo ich jetzt bin, keine Ahnung!" Agnes schaute die verlegen wirkende Dame an und kicherte. Sie hatte wohl schon ein wenig zu viel getrunken und zog sich ihren langen schwarzen Mantel aus. Dann zupfte sie sich ihre aufwendige Haarfrisur zurecht und widmete sich wieder ihrer Flasche. Senta nahm das volle Glas und trank ebenfalls bis das Glas leer war. Dann lehnte sie sich zurück und sagte: „Ach ja, hier ist ja so richtig gemütlich. Doch dieser Turm ist wirklich merkwürdig. Das hier mitten im Wald so ein Turm steht find ich ja witzig." Agnes verzog mal wieder ihr Gesicht und wusste nicht so recht, was sie dazu sagen sollte. Aber schweigen wollte sie auch nicht. Sie verspürte plötzlich Lust und Laune, sich mit dieser fremden Frau zu unterhalten. Außerdem war sie sich sicher, dass sie diese vermeintliche Senta sowieso nie wieder sehen würde, wenn sie sich nach dem Unwetter wieder trennten. Und sie erzählte Senta von ih-

rem Leben, von ihrer Bank und von ihrem unzuverlässigem Diener Paul.
Senta staunte, dass Agnes so eine einflussreiche und reiche Frau war. Sie hatte ein etwas anderes Leben. Und sie spürte ebenfalls ein seltsames Gefühl in sich, endlich einmal darüber zu sprechen. Sie erzählte von ihrem untreuen Ehemann, der weit entfernt in der großen Stadt lebte und auf den Hund aufpassen musste. Allerdings war das vermutlich auch schon zu viel von ihm verlangt, denn er konnte sie ja nicht einmal vor den neidischen Angriffen der Nachbarn schützen, die sie ständig beschimpften, weil sie sich mal etwas Neues gekauft hatte. Schon lange hatte sie vor, die Wohnung auf Nimmerwiedersehen zu verlassen. Sie hatte endgültig genug von dieser miefigen Spießigkeit dieses kleinkarierten Wohngebiets. Und nun, wo sie zur Kur war, hatte sie sich beim Pilze suchen verlaufen. Die beiden Frauen schauten sich schweigend an. Sie wussten wohl nicht so genau, was sie voneinander halten sollten. Und sie wussten auch nicht, ob sie lachen oder weinen sollten. Sie fanden sich nicht langweilig und fühlten sich irgendwie mit einander verbunden. Als Agnes plötzlich anfing laut zu lachen, konnten sich die beiden einfach nicht mehr beruhigen. Sie schütteten sich regelrecht aus vor Lachen und sie vergaßen ihre so unterschiedlichen Lebenswege und den Sturm, der bedrohlich um diesen mysteriösen Turm tobte. Als sie ein Geräusch vernahmen, welches so gar nicht zu dem Sturmgeheul zu passen schien,

wurden sie abrupt mucksmäuschenstill. Wer konnte das nur sein? Ein neuer Gast? Es war ein alter Mann, der da die Treppe hoch gestiegen kam. „Ich sehe, die Damen haben sich bereits eingerichtet?", sagte der Alte. Die beiden Frauen wunderten sich über den alten Mann, denn der sah recht merkwürdig aus. Er trug einen grauen Umhang, der irgendwie einem Mantel ähnlich zu sein schien, und seine Haare waren nass und strähnig. Offensichtlich schien der Alte in dem Turm zu leben. Der Alte griff zielsicher nach einer neuen Weinflasche und legte ein frisches Brot auf den Tisch. Er goss sich ein Glas mit dem köstlichen Rotwein ein und trank es in einem Zug aus. Und er schien eine Menge zu vertragen, denn auch nachdem er die halbe Flasche geleert hatte, merkte man ihm nicht an, dass er so viel getrunken hatte. Er setzte sich auf einen Stuhl und zündete sich ein Pfeifchen an. Agnes schien das ganz und gar nicht zu gefallen. Sie fuchtelte wild mit ihren Händen in der Luft herum und rief: „Sehen Sie nicht, dass sich Damen in ihrem heruntergekommenen Loft aufhalten? Nun hörten Sie schon auf zu paffen, Sie unverschämter Kerl!" Der Alte nahm die Pfeife aus dem Mund und blies Agnes eine recht ordentlich würzige Tabakwolke um die Nase und legte die Pfeife dann auf den Rand eines herumstehenden Tellers. „Recht so, Lady?", sagte er dann frech. Agnes wollte gerade eine neuerliche Beleidigung loswerden, da fiel ihr der Alte ins Wort: „Ach übrigens, ich bin John! Ich lebe hier in diesem

Turm." Die beiden Damen stellten sich ebenfalls vor und plötzlich schien das Eis gebrochen zu sein. Alle erzählten sich von ihrem Leben. John meinte, er sei in diesem Wald als Jäger unterwegs. Doch in seinem früheren Leben besaß er angeblich mal eine Baufirma. Die ging ein und weil er kein Geld mehr hatte, entdeckte er diesen Turm. Er meinte, dass er nicht wüsste, wer diesen Turm einst erbauen ließ. Doch sein spitzbübisches Grinsen ließ vermuten, dass er es wohl nur nicht sagen wollte. Vermutlich hatte er selbst dieses sonderbare Bauwerk errichtet. Als Senta von ihrem Ehemann erzählte und plötzlich in Tränen ausbrach, wurde John sehr ernst. Dann sagte er leise: „Manchmal glauben wir, alles habe sich gegen uns verschworen. Doch das ist gar nicht so. Wir haben nur verlernt, zu kämpfen, weil wir uns irgendwann mit den Dingen abgefunden haben. Wir sind jedoch Lebewesen, die kämpfen müssen. Wir können nicht stillstehen. Und deswegen solltest auch Du weiterkämpfen. Und vor allem, lebe endlich Dein eigenes Leben und nicht das Deines Mannes. Es ist ganz einfach und Ihr müsst Euch auch gar nicht trennen. Aber Du musst Dich viel mehr auf Dein Leben konzentrieren. Dein Mann wird schnell merken, dass er allein dasteht. Doch bedenke, dass Du nicht dafür da bist, seine Wunden zu lecken."

Senta schaute den Alten an und wischte sich die Tränen aus dem Gesicht. Wie hatte er das nur gemeint? Sie konnte doch nicht so einfach … oder doch? Sollte sie es nicht wenigstens mal versuchen? Dann würde sie ja sehen, ob sie sich gut dabei fühlte. Für Agnes war das einfach zu viel Gefühlsduselei und sie rief: „Papperlapapp! Was soll denn dieser Blödsinn! Du solltest lieber anfangen, Geld zu machen anstatt Deinen langweiligen Ehemann zu bekehren! Was zählt sind die Ziffern vor dem Komma, dann findest Du auch den richtigen Kerl!" Senta starrte entsetzt zu Agnes, doch der Alte nahm wieder seine Pfeife vom Tellerrand und paffte schweigend seinen würzigen Tabak. Dann blies er Agnes den Rauch um den Kopf, dass die sich genervt die Augen rieb und sagte dann gelangweilt: „Sie haben wohl noch nie einen Mann gehabt, was?" Agnes war wie erstarrt. Was erdreistete sich dieser alte Mann da, was wusste der schon von ihrem Leben und von ihrem stetigen Run nach dem Geld? Der war doch arm wie eine Kirchenmaus. Und sie hustete einige Male, bevor sie schließlich zum Gegenschlag ausholte: „Ich war dreimal verheiratet, Sie Armleuchter! Glauben Sie mir, ich kenne die Männer. Viel zu genau, leider! Betrogen wurde ich und jetzt reicht's!" John kicherte in sich hinein und Agnes wusste nicht, wie sie das deuten sollte. Dann sagte er, während er seinen Kopf hin und her wiegte: „Ach Mädel, Du bist schon eine. Du solltest nicht andauernd nur dem Geld hinterher rennen. Das hat doch keine Seele. Es hat kein Herz und keinen Verstand. Es ist nur Geld, schnödes eiskaltes und nicht fühlendes Geld. Mehr nicht. Und wenn Du keines mehr hast, kommt's auf Dich an. Und? Wie sieht's da aus? Hast Du sonst noch was, außer Deinen Kontostand in die Waagschale zu legen?" Agnes war sprachlos und Senta schaute den Alten interessiert an. Wie hatte er das gemeint? Was sollte Agnes auf die Waage legen? Sie ahnte es, doch sie stellte sich noch immer ein wenig bockig. „Wie meinen Sie das, John? Natürlich kann ich was in die Waagschale legen! Dreizehn Millionen, reicht das nicht?" John verzog keine Miene. Er zog nur an seiner Pfeife und starrte in die Dunkelheit hinaus. Ihn schien Agnes Gerede wohl nicht zu berühren. Oder kannte er es nur zu genau? Wusste er, wie sich Menschen verhalten, wenn sie reich waren? Für Agnes war John wohl der erste Mensch, der sich von dem vielen Geld nicht beeindrucken ließ. Er wollte es auch nicht. Er hatte schlichtweg keine Lust dazu. Er zog an seiner Pfeife und genoss den Tabakrauch, durch den er schon lange nichts mehr erkennen konnte. Doch dann sagte er leise: „Für Dich mögen diese Dreizehn Millionen schon sehr viel sein, für mich jedoch ist es nur Geld, mehr nicht. Ich bin gesund, noch, und fühle mich wohl, wenn ich an meiner Pfeife ziehe und in meinem alten Turm sitze, um auf die Wipfel der Bäume dieses riesigen Waldes zu schauen. Das vermittelt mir ein ganz eigenes Gefühl. Hier oben fühle ich mich wie ein König. Und ich bin zufrieden. Ja, ich brauche nicht mehr als das. Und ich habe meine vielen Erinnerungen. Es wäre so schön, wenn mich der Herrgott zu sich holt, während ich einen Zug aus meiner Pfeife tu und an die

Menschen denke." Agnes erschrak und fragte schnell: „Wieso? Geht's Ihnen nicht gut, John? Kann ich helfen?" John lachte in sich hinein. „Siehst Du Mädel", sagte er dann, „Nun weißt Du ja doch, was wichtig ist. Nein, mir geht's wunderbar. Hab mich selten besser gefühlt. Draußen ist schlechtes Wetter und ich hab ein Dach überm Kopf. Was soll ich mehr wollen. Es ist gut so, wie es ist! Schön, dass Du weißt, was wichtig ist, das Leben, die Gesundheit." Agnes ertappte sich dabei, eine Träne in ihrem linken Auge zu verspüren. Schnell wischte sie sich den Tropfen aus den Augen und lächelte verlegen. Sie spürte plötzlich etwas Merkwürdiges in ihrer Brust, bekam sie nun einen Herzanfall? Nein, es war viel tiefer, es war ganz tief in ihr drin. Es war ein Stich und sie fühlte, ja, sie konnte etwas fühlen! Das, was sie seit vielen Jahren erfolgreich verdrängt hatte, kehrte nun zurück, ihr Gefühl. Sie schaute zu Senta, die diesem Gespräch schweigend und interessiert gelauscht hatte. Ja, was zählte, war man selbst und das Gefühl, das Leben. Jede der beiden Frauen hatte das auf ihre Weise erfahren und erkannt. Und der Alte saß auf seinem Stuhl am Fenster und rauchte seine Pfeife. Als die nächste Flasche Wein geleert war, wurden die Frauen müde. Der Alte zeigte ihnen eine kleine Nische, die ihnen zunächst gar nicht aufgefallen war. Dort standen zwei schmale Betten. Sie waren sogar schon gemacht und der Alte wünschte den beiden Frauen nur noch eine gute Nacht. Die beiden schliefen schnell ein und der

Alte setzte sich wieder ans Fenster und schaute auf die Regentropfen, die vom Sturm gegen die Scheiben gepeitscht wurden.
Am nächsten Morgen wurde Agnes als erste wach. Es klapperte und sie wusste nicht, was das sein konnte. Sie stieg aus ihrem Bett und bemerkte, dass eines der Fenster defekt war. Es wurde vom Wind hin und her bewegt und erzeugte dabei dieses Geräusch. Draußen schien die Sonne, doch der Alte von gestern Abend war nirgends zu sehen. Auch seine Pfeife, an der er so genüsslich gezogen hatte, war seltsamerweise nicht da. Nicht einmal der Teller, worauf der Alte die Asche geklopft hatte, stand noch auf dem Tisch. Senta wurde nun ebenfalls wach und die beiden Frauen rüsteten sich zum Aufbruch. Sie freuten sich, einander kennengelernt zu haben und erinnerten sich noch während sie die Stufen hinab stiegen, an den vergangenen stürmischen Abend. Nur den netten alten Mann vermissten sie sehr. Lange mussten sie durch den Wald laufen, doch irgendwann hatten sie den Waldrand erreicht. Und Agnes staunte nicht schlecht, als sie schon von weitem ihre schwarze Stretchlimousine sah. Als sie gegen die Scheiben klopfte, sprang sofort ihr Diener Paul aus dem Wagen. Der musste wohl die ganze Nacht im Wagen verbracht haben, nachdem er seine Herrin vergeblich im Wald gesucht hatte. Er berichtete ihr, dass er sich nach seiner erfolglosen Suche in den Wagen zurückgezogen hatte und dort auf sie wartete. Senta wurde bereits von ihrer

Kureinrichtung vermisst. Einer der Angestellten war ihr nachgelaufen und irgendwie schien ihr das gar nicht unrecht zu sein. Denn diesen jungen Mann fand sie sehr nett. Er war so verständnisvoll, dass sie sich mit ihm in ein Café setzte, um ihr von ihren Erlebnissen zu erzählen. Sie kamen sich einander näher und sie spürte die Spannung in ihrem Herzen. Ja, das war wohl der Beginn eines neuen aufregenden Lebens. Sie heirateten und wurden ein Paar und Senta lebte endlich wieder auf. Auch Agnes schien sich irgendwie zu verändern. Sie verkaufte ihr Bankhaus und lebte mit ihrem ehemaligen Diener Paul in Los Angeles. Sie führte ein sehr einfaches, gutes Leben, ohne die ständige Hatz nach dem großen Geld. Sie spendete einen Teil ihres Vermögens an eine gemeinnützige Einrichtung. Irgendwann wollte sie noch einmal in diesen Wald. Sie wollte diesen Turm suchen, in welchem sie die unglaublichen Erlebnisse hatte. Zusammen mit ihrem Mann fuhr sie zu dem geheimnisvollen Waldgebiet. Die beiden durchstöberten nahezu das gesamte Areal, doch den Turm fanden sie nicht mehr. Dafür begegneten sie einem Förster, welcher an ihnen vorüber lief. Agnes fragte nach dem alten Mann und dem Turm, den sie einst im Wald entdeckt hatte. Der schaute sie plötzlich sehr ernst an und sagte mit düsterer Stimme: „Den alten Turm gibt's schon lange nicht mehr. Der alte John Miller, der ihn einst erbaut hatte, ist vor ungefähr dreißig Jahren

bei einem Waldbrand umgekommen. Auch der Turm brannte bis auf die Grundmauern ab."
Agnes konnte nicht glauben, was sie da hörte. Doch als die beiden den Wald wieder verlassen wollten, blieb Agnes plötzlich stehen. Sie schaute sich nach allen Seiten um und blickte schließlich nachdenklich in den Himmel. Denn sie spürte etwas, dass ihr sehr bekannt vorkam: den sonderbaren Geruch von würzigem Pfeifentabak ...

## Klinik des Grauens

Die kleine Gina war ein lustiges fröhliches Kind. Eigentlich war sie gesund und munter und kränkelte sehr selten. So verwunderte es die Mutter, als Gina ganz plötzlich still wurde und sich immer mehr zurückzog. Eines Tages fand die Mutter Gina röchelnd in ihrem Bettchen vor und rief sofort den Notarzt. Gina wurde ins Krankenhaus gebracht und konnte gerade noch gerettet werden. Sie litt an einer Ernährungsstörung und wäre beinahe gestorben. Die Mutter war derart besorgt und ängstlich, dass sie täglich auf der Station des Krankenhauses war. Sie übernachtete sogar zeitweise in einem Zimmer neben der Station und wollte ihre kleine Tochter unter keinen Umständen unbeobachtet lassen. Doch eines Tages geschah etwas Furchtbares. Vollkommen unerwartet starb plötzlich eines der Kinder aus Ginas Zimmer. Ihm ging es eigentlich schon sehr gut und die Ärzte wussten nicht, was es sein konnte. Das Kind starb rätselhafter Weise an einer Lungenentzündung, obwohl die Fenster des Krankenzimmers in jener Winternacht verschlossen blieben und die Heizung einwandfrei funktionierte. Doch etwas schien merkwürdig: auf der Bettwäsche des Kinderbettchens entdeckte eine Schwester ein mit roter Farbe aufgemaltes umgedrehtes Kreuz, das Zeichen des Satans! Das Personal und die behandelnden Ärzte bekamen einen riesigen Schreck. Hatte am Ende irgendjemand dieses Kind umgebracht? Nur, wer sollte solch eine perfide Tat vollbracht haben? Auf die Station gelangten doch ausschließlich das Klinikpersonal und sonst keinerlei fremde Personen. Wer also konnte an jenem entsetzlichen Ereignis die Schuld tragen? Da man keine logische Erklärung und schon gar keinen Täter finden konnte, wurden die Sicherheitsmaßnahmen verstärkt. Alle diensthabenden Ärzte und Schwestern wurden angehalten, noch besser aufzupassen und noch öfter die Krankenzimmer zu kontrollieren. Und obwohl das alles geschah, verstarb wenig später ein zweites Kind. Auch dieses Kind starb an einer Krankheit, die eigentlich hätte gar nicht da sein dürfen. Denn auch dieses Kind befand sich auf dem Weg der Besserung und nichts deutete darauf hin, dass es so plötzlich an einer schweren Krankheit versterben würde. Und es grenzte an Hexerei, denn wieder entdeckte man auf der Bettwäsche dieses in roter Farbe gemalte umgedrehte Kreuz. Wer hatte das dort drauf gezeichnet? Ging ein Kindermörder um oder war jemand vom Personal der Täter? Die Kripo suchte akribisch nach irgendeinem Anhaltspunkt und fand dennoch keinen stichhaltigen Grund. Es war kein Täter zu ermitteln. Und Gina lag noch immer auf dieser Station. Zwar war Ginas Mutter erleichtert, dass es ihrer Tochter schon recht gut ging. Doch die Kunde vom Tod der beiden Kinder versetzte sie in Angst und Schrecken. Keinen Tag länger wollte sie ihre kleine Gina länger in diesem furchtbaren Krankenhaus lassen. Und da sie keine ruhige Minute mehr hatte, wollte sie ihre Tochter von der Station holen. Doch auf dem Gang zum Krankenzimmer kam ihr eine seltsame alte Schwester entgegen. Sie hatte ein fahles, knochiges Gesicht und ihre Augen stachen bedrohlich aus den tiefen Höhlen hervor. Als sie mitbekam, dass Gina nach Hause geholt werden sollte, stellte sie sich der aufgeregten Mutter in den Weg. „Sie können das Kind nicht so einfach mitnehmen. Sie brauchen erst einige Genehmigungen.", zischte sie. Doch die Mutter war derart in Rage, dass sie nichts und niemand mehr aufhalten konnte. Weder eine Genehmigung noch irgendeine andere Formalität konnten sie noch bremsen. Laut rief sie: „Das bringe ich später vorbei! Aber mein Kind lasse ich keine Stunde länger hier!" Sie schob die Schwester beiseite und rannte in Ginas Zimmer. Dort fand sie ihre kleine Tochter hustend und ganz rot im Gesicht vor. Auf dem Kopfkissen neben Gina lag ein kleiner Teddybär, der ein Kreuz in seinen Pfoten hielt. Die Mutter hatte ihn in einem kleinen Laden in der Klinik für ihre Tochter gekauft. Sie kam gerade noch dazu, den kleinen Bär aus dem Bettchen zu nehmen und ihrer Tochter in die Hand zu legen, da stürmte auch schon die vermeintliche Schwester in das Zimmer und wolle ihr das Kind entreißen. Sie hatte plötzlich feuerrote Augen und einen eiskalten Atem. Es war der Atem des Todes und die Schwester rief mit düsterer Stimme: „Niemals wirst Du dieses Kind mitnehmen können, denn es ist das dritte Kind, welches sterben muss! Du kannst den Fluch nicht zerstören, niemals!" Dann entdeckte sie den Bär mit dem Kreuz in Ginas Händen und wich entsetzt einen Schritt zurück. Das nutzte die Mutter aus hielt ihre Tochter noch fester im Arm. Sie nahm behutsam den kleinen Bär aus Ginas Händen und hielt ihn der Schwester vor die Nase. Die Schwester schrie laut auf und torkelte zur Seite. Dann fiel sie kraftlos auf den Boden und die Mutter rannte laut um Hilfe rufend auf den Gang. Durch den Lärm wurde das Personal aufmerksam und kam ihr schon entgegen gerannt. Sie riefen sofort die Polizei. Als die eintraf, fanden sie die merkwürdige Schwester nicht mehr vor. Lediglich die Bettwäsche auf Ginas Bett wies eine seltsame Zeichnung auf. Ein mit roter Farbe aufgemaltes umgedrehtes Kreuz! Kein Zweifel, das nächste Kind, welches gestorben wäre, konnte nur Gina gewesen sein. Schon am nächsten Tag wurden sämtliche Kinder in ein anderes Krankenhaus verlegt. Gina wurde wieder gesund und die Mutter war froh, ihre Tochter gerade noch rechtzeitig aus der Todesklinik befreit zu haben.

Inspektor Staff, der mit dem rätselhaften Fall betraut wurde, fand schließlich heraus, dass auf dem Klinikgelände vor dreihundert Jahren ein altes Kloster stand. In den Aufzeichnungen des Klosters, welche sich nun im Besitz eines Museums befanden, las Staff schließlich, dass es einst eine Nonne gab, die abtrünnig geworden sei. Man sagte ihr nach, dass sie jedes Jahr drei Kinder ermordete. Es hieß, dass sie mit dem Teufel im Bunde stand und ihm in jedem Jahr drei Seelen versprach. Als man die Nonne schließlich auf frischer Tat ertappte, wurde sie sofort eingekerkert und später zum Tode verurteilt. Sie endete am Galgen, doch bevor man sie zum Tode beförderte, sollte sie noch einen Fluch ausgesprochen haben: „Ich verfluche die Erde, auf dem das Kloster gebaut wurde. Und jedes Jahr wird mein Geist drei Kinderseelen holen! Niemals wird es mehr Frieden geben!" Inspektor Staff wusste, dass das Krankenhaus erst ein reichliches Jahr stand. Das alte Kloster musste wegen Baufälligkeit abgerissen werden. Und nun schien sich dieser Fluch zu bewahrheiten. Die Klinik wurde schließlich geschlossen. Als man später eine christliche Einrichtung dort unterbrachte, sah man am Tag der Weihe des Gebäudes eine rätselhafte alte Frau, die aussah wie eine Krankenschwester vom Gelände rennen. Sie rannte auf ein angrenzendes Waldstück zu und hatte stechend rote Augen. Unmittelbar vor dem Wäldchen verwandelte sie sich in eine große Flamme, die schließlich kurz darauf verlosch und niemals wiederkehrte …

## Geburt

**12. Juli 2395 / In der Nähe des Sterns Megolia**

Das Raumschiff AREONE hatte das Wurmloch längst durchquert, als es sich einer riesigen blauen Sonne gegenübersah. So etwas ungeheuer Großes hatte keiner der zwei Besatzungsmitglieder je zu Gesicht bekommen. Und obwohl die AREONE nur aus biologischer Materie bestand, spürte doch keiner der Insassen irgendeine Wärmestrahlung, die von dem rätselhaften blauen Riesen ausging. Was hatte das nur zu bedeuten? Die Messgeräte erschienen als großes Hologramm im Ruheraum des Piloten Quarx und zeigten keine Besonderheiten an. So etwas hatte er noch nie gesehen. Und es wurde immer mysteriöser. Die AREONE glitt mehr und mehr in das blaue Monster hinein, ohne etwas dagegen tun zu können. War nun das Ende der Mission gekommen? Vergeblich versuchte der Kommunikationsroboter „KR27" einen Kontakt zur Erde aufzubauen. Auch in den riesigen Stationen auf den mit der Erde seit hunderten von Jahren verbundenen Schwesternplaneten Mars, Venus und Pluto konnte man nichts feststellen, was auf eine Anomalie des blauen Riesen zurückzuführen war. Quarx ließ sich zu seinem Kollegen Vilax teleportieren, nur um ihm dies zu zeigen. Doch auch der wusste nichts damit anzufangen. Die beiden teleportierten sich in die kleine Steuerkanzel und übernahmen selbst das Kommando.

Und wie in den Anfängen der Raumfahrt steuerten sie das Raumschiff, welches längst seinen eigenen Organismus gebildet hatte, durch den Raum. Wie ein behäbiger Krake bahnte es sich seinen Weg in die äußersten Atmosphärenschichten der blauen Sonne. Quarx bemerkte weit unter dem Schiff mehrere undefinierbar große Schatten. Sie bewegten sich mit dem Schiff mit und schienen es zu kontrollieren. Doch der AREONE schien relativ sicher zu sein. Nicht einmal die Strahlung und die Hitze, die eigentlich an diesem Orte herrschen müssten, konnten ihr etwas anhaben. Sie veränderte ständig ihre Form und absorbierte jegliche äußeren Einflüsse. Lautlos drang das Schiff immer tiefer in die Atmosphärenschichten ein und die Materiewaben der AREONE fluktuierten und pulsierten in gleichmäßigem Rhythmus, als wäre sie nie in diese blaue Sonne eingedrungen. Vilax hatte die blinkende Steuerkonsole vor sich und fragte die elektronischen Systeme ab, mit denen dieses Raumschiff noch ausgerüstet war. Längst hatte man alles auf den biologischen Lebensrhythmus der AREONE umgestellt, doch manchmal musste man die altehrwürdige Elektronik noch zu Hilfe nehmen. Und plötzlich entdeckte Vilax einen rätselhaften Ausschlag an einem seiner Messinstrumente. Er versuchte, diesen einen winzig kleinen Ausschlag des Zeigers zu analysieren, befragte den „KR27", der allerdings auch nicht wusste, was er damit anfangen sollte. Die beiden Wissenschaftler teleportierten sich in

Quarx Ruheraum. Dort versuchten sie, die Ergebnisse auszuwerten. Und sie kamen schließlich darauf, dass es sich um eine menschliche Geburt handeln musste. Aber wie konnte das nur möglich sein? Waren die alten Messinstrumente überhaupt noch intakt, dass man ihnen diese Resultate glauben konnte? Oder spielte nun alles verrückt auf dem Schiff? Immerhin gab es pulsierende Missempfindungen dieses lebenden Raumschifforganismus, die unerklärlich schienen. Immer wieder musste es mit Spannungsfeldern und Echos aus den Wurmlöchern, die seit vielen Jahren als Transportstraßen im Universum dienten, zurechtkommen. Und das brachte so manche Verwirrung mit sich. Nur diesmal schien alles anders. Wie konnten die Instrumente etwas anzeigen, was die modernsten Kommunikationssensoren nicht erfassten? Quarx starrte auf das Hologramm vor sich und sah die geheimnisvolle blaue Sonne vor seinem Gesicht pulsieren. Welches Geheimnis rankte sich um diesen Stern? Es musste ja einen Grund geben warum die AREONE das Wurmloch gerade an dieser Stelle verließ. Hatte das Hirn des Raumschiffs etwas festgestellt, dass lebte? Vilax schaute sich immer wieder den sonderbaren Zeigerausschlag an und dann die Information, dass eine menschliche Geburt stattgefunden habe. Das ergab doch alles keinen Sinn! Eine menschliche Geburt in einer blauen Sonne? Die AREONE war nun so tief in den fremden Himmelskörper eingedrungen, dass sie hätte längst verbrennen müssen. Auch die

Schwerkraftsensoren, die für das Erzeugen eines künstlichen Schwerefeldes zuständig waren und dazu die Gravitation der Himmelskörper ausnutzten, fanden diese blaue Sonne nicht. Für sie gab es diesen Stern überhaupt nicht und das Gravitationsfeld arbeitete vollkommen normal. Doch plötzlich entstand ein riesiges Hologramm inmitten des Raumes. Was die beiden Astronauten dann geboten bekamen, ließ sie regelrecht erschaudern. Aus dem Schoß der blauen Sonne quoll ein endloser Materiestrahl und begann, die AREONE zu umhüllen. Wie eine zweite Hülle umgab die blaue Materie das Raumschiff von der Erde und die beiden Astronauten wussten nicht mehr, wie sie darauf reagieren sollten. Sie warteten einfach ab und die blaue Materie schloss die AREONE vollkommen in sich ein.

Schließlich tauchte aus dem Inneren der Sonne etwas Unglaubliches auf. Es sah aus wie eine überdimensionale Eizelle aus dem Mutterleib. Doch sie war so zart und wunderschön, dass den beiden staunenden Menschen an Bord der AREONE der Atem stillstand. So etwas Unfassbares hatten sie noch nie gesehen. Sie kamen sich vor wie die Kinder Gottes am Olymp der Träume. Ein Gefühl von grenzenloser Hochachtung und gleichzeitiger Demut breitete sich in ihnen aus. Sie wussten nicht mehr, ob sie das alles glauben sollten, was ihnen da geboten wurde. Was umschloss diese riesige Eizelle da, etwas Lebendiges vielleicht? Doch als die hauchdünne Membrane riss, stoben dutzende blauer Planeten aus ihr heraus. Sie sahen zum Verwechseln der Erde ähnlich. Sie durchbrachen die Atmosphärenschichten der blauen Sonne und verschwanden in einem grellen Lichtblitz im All. Vilax und Quarx starrten auf das Hologramm vor sich und wären bald darin versunken. Es war wie ein Wunder. Das Wunder des immer wiederkehrenden Lebens. War das Gott? Und als ob die schützende blaue Materiehülle, welche die AREONE umgab, auch die Eizelle schützen wollte, sonderte sie plötzlich einen Materieschwall von sich ab und schickte ihn zu dieser offenstehenden Eizelle hinüber. Dort umgab sie die Zelle und nahm sie mit sich ins Innere des blauen Sterns. Dann waberte die blaue Materie unter der AREONE so, als sei nie etwas geschehen. War da vor ihren Augen neues Leben entstanden? Neue Welten vielleicht, auf denen sich neue Wesen entwickeln konnten … durften … sollten? Die beiden Astronauten wollten nun doch wissen, was sich hinter alldem verbarg und wollten tiefer in die blaue Sonne vordringen. Aber plötzlich meldete sich der Kommunikationsassistent. Er formte eine Schrift, welche wie eine Aufforderung vor den verblüfften Gesichtern der Astronauten funkelte. Da war zu lesen: „Fliegt heim. Ich kann Euch nichts mehr zeigen. Das Wunder des Lebens könnt Ihr nicht ergründen." Und als die beiden Astronauten diesen merkwürdigen Satz gelesen hatten, schloss sich das Hologramm und das Raumschiff stieg empor, hinaus in das pechschwarze Universum. Hinter ihnen waberte und pulsierte die riesige blaue Sonne wie ein menschliches Herz. Die AREONE jedoch erzeugte den Zugang zu einem Wurmloch und jagte durch die Zeitröhre bis zur Erde zurück. Dort verließ sie den Zubringertunnel und glitt still zwischen den Planeten Mars und Erde zur dort befindlichen zentralen Weltraumstation. Die Materie der AREONE umschloss den Anlegestutzen und die beiden Astronauten teleportierten sich in das Innere der Station. Dort wartete man schon gespannt auf das kleine Team und das, was es an Erkenntnissen über die sonderbare blaue Sonne heraus gefunden hatte, die Myriaden von Lichtjahren von der Erde entfernt, tief im Universum thronte. Doch Quarx schwieg. Auch Vilax sagte kein einziges Wort. Sie wollten den Menschen nichts von ihrer unglaublichen Entdeckung sagen. Denn es erschien ihnen ja selbst wie ein unbeschreibliches Wunder, welches sie ohnehin niemals hätten in Worte fassen können. So sprachen sie schließlich von diversen Anomalien, die der Kommunikationsroboter „KR27" durcheinander gebracht haben sollte. Und man glaubte es ihnen. Irgendwann flog die AREONE mit einer neuen Besatzung in ein weit entferntes Sternensystem. Die zwei Astronauten, die diesmal unterwegs waren, sollten den Rand des Universums erforschen. Doch sie stellten fest, dass sie immer wieder zum Ausgangspunkt gelangten, egal von welcher Seite sie sich der vermeintlichen Grenze näherten. Und irgendwann fanden sie eine abgespeicherte Materiedatei, die die beiden vorangegangenen Astronauten wohl vergessen haben mussten. Einer der Sternenforscher koppelte die Datei mit dem Hologramm in seinem Ruheraum und wusste nicht, was er dazu sagen sollte. Denn vor ihm breitete sich ein riesiger blauer Stern aus, aus dessen Innerem eine überdimensional große Eizelle entstieg und schließlich auseinanderriss. Aus ihr entwichen dutzende von blauen Planeten, die der Erde aufs Haar glichen. Und da wusste der Astronaut, dass sie nicht weiter nach einer Grenze im Universum suchen mussten. Es gab keine, ebenso wenig wie es ein absolutes Ende des Lebens gab. Und so flogen sie wieder heim. Als sie die Erde erreicht hatten, wunderten sie sich über einen neuen Planeten der in ihrem Sonnensystem schwebte. Er war so groß wie die Erde und hatte eine blaue Atmosphäre. Und die Instrumente ihres Raumschiffes zeigten eine rätselhafte menschliche Geburt an …

## Motel

Es war eine endlos lange Reise, die Lisa an jenem verregneten Sonntagabend hinter sich hatte. Stundenlang war sie bereits auf dem Highway unterwegs und so langsam zog die Müdigkeit durch ihre traurige Seele. Sie hörte immer nur diesen einen Song: Feelings, und die Tränen verwischen den Mittelstreifen auf der breiten Fahrbahn. Steve war einfach davon gefahren. Warum nur dieser sinnlose Streit, und warum war er nicht zu ihr zurückgekehrt, sie wollten doch ewig ... Sie konnte einfach nicht mehr weiter denken. Und sie wollte es auch nicht. Sie waren beide noch so jung und nichts sollte so schön bleiben, wie es angefangen hatte. Und nun fuhr sie diesen endlosen Weg zurück nach San Diego und wollte es doch überhaupt nicht. Irgendwann wurde es dunkel und sie wollte sich ein Motel suchen, um dort die Nacht zu verbringen. Zu müde und zu abgespannt fühlte sie sich nach diesem anstrengenden und so verlustreichen Tag. Sie sah den Mond, der wie ein Geist hell und geheimnisvoll in dieser unendlichen Dunkelheit über der Straße thronte. Sie fuhr die nächste Abfahrt raus und landete auf einer holprigen Straße, die scheinbar ins Nirgendwo führte. Langsam fuhr sie den besseren Feldweg entlang, um nach einem Motel zu suchen. Und schließlich erleuchteten die Scheinwerfer ihres Wagens das verwitterte Hinweisschild auf eine solche Herberge. Nach vier Meilen hatte sie das Motel erreicht. Düster lag es unter den niedrigen Bäumen und nichts deutete darauf hin, dass es bewohnt war. Sie stellte ihr Fahrzeug ab und ging hinein. Es war nicht sehr hell, doch gerade das war es, was sie in diesem Moment so dringend brauchte. Sie wollte nicht viel sehen und auch nichts weiter hören. Nur ihren MP3-Player hatte sie im Ohr und darin spielte ihr Lied: Feelings. Eine nette alte Dame erschien und meinte, dass noch fast alles frei sei. Sie übergab Lisa den Schlüssel für das Zimmer Nummer Sieben. Dabei lächelte sie so sonderbar, dass Lisa sich nicht traute, nach einem Essen zu fragen. Und immerhin hatte sie ja noch die beiden Würste, die sie im Hotel für sich und Steve gekauft hatte. Hundemüde lief sie in ihr Zimmer und staunte. Denn dort hatte man eine Flasche Sekt mit zwei Gläsern und zwei deftige Käseplatten auf den Tisch gestellt. Vermutlich war das ein Irrtum, denn Lisa hatte ja gar nicht nach einem Essen gefragt. Sie ging zurück an die kleine Rezeption, doch die alte Dame war nirgends zu sehen. Vermutlich hatte sie gerade etwas anderes zu tun und Lisa ging zurück in ihr Zimmer. Dort öffnete sie die Sektfalsche und schenkte sich das Glas voll, um es gleich darauf in einem Zug zu leeren. „Ach ja", stöhnte sie und lehnte sich zurück. Sie genoss den Sekt und hatte innerhalb weniger Minuten die halbe Flasche geleert. Die Käseplatte schmeckte ebenfalls ganz vorzüglich. So frisch gestärkt zog sie sich aus und ging unter die Dusche. Unterdessen war auch ein junger Mann im Motel eingetroffen.

Und es grenzte an einen dummen Zufall, denn auch er bekam den Zimmerschlüssel mit der Nummer Sieben. Als er das Zimmer betrat, vernahm er zwar das plätschernde Geräusch der Dusche. Doch er erblickte auch die halbvolle Sektflasche und die andere Käseplatte und setzte sich sofort an den kleinen Holztisch. Er leerte die Flasche und machte sich gierig über die deftige Käseplatte her. Und weil er schon ein wenig angetrunken war, entkleidete auch er sich bis auf seinen Slip und ging ins Badezimmer. Gerade wollte Lisa aus dem Bad, da fiel ihr das Handtuch auf den Boden. Sie bückte sich, um es aufzuheben, da traf sie auf den jungen Mann, dem ebenfalls gerade ein Kleidungsstück aus der Hand gerutscht war. Mit dem Rücken stießen sie zusammen und erschraken fürchterlich. Als sie sich umdrehten, bekamen sie den Schock ihres Lebens. Vor Lisa stand Steve und der schüttelte fassungslos den Kopf, als er Lisa erblickte. „Wie kommst Du denn hier her?", fragte er sie entgeistert. Und Lisa entgegnete ihm: „Na wie schon, mit dem Auto!" Und die beiden hielten es für eine Fügung, dass sie sich in dieser Nacht in diesem Motel am Rande der Zeit wieder getroffen hatten. Aller Streit und alle Wut schienen in weiter Ferne und die beiden fielen sich um den Hals, als hätten sie sich eben erst kennen gelernt. Sie küssten sich und fielen schließlich verliebt ins Bett. Sie verlebten eine wunderbare Liebesnacht. Und es war, als hätte es nie einen Streit zwischen ihnen gegeben.

Kein Wort sprachen sie über die ihre heftige Auseinandersetzung, denn sie wussten plötzlich, dass sie zusammen gehörten. Keiner konnte sie mehr trennen. Es brauchte erst dieses einsame winzige Motel, weit entfernt von daheim, um das erkennen. Als sie am nächsten Morgen erwachten, konnten sie noch immer nicht voneinander lassen. Immer wieder küssten sie sich und schworen sich, so etwas Dummes niemals wieder zu tun. Sie beschlossen, sobald sie daheim ankämen, zu heiraten. Schnell packten sie ihre Reisetaschen und Steve bezahlte das Zimmer. Beim Verlassen schauten sich die beiden noch einmal um und sahen die Nummer Sieben, wie sie groß und wie eine göttliche Fügung an der Tür stand. Diese Zahl schien magisch für sie zu sein. Es war auch ein Siebter, an welchem sie sich einst kennen gelernt hatten. Schließlich setzten sie sich in ihre Fahrzeuge und fuhren auf den Highway zurück. Lisa fuhr hinter Steve her und beide fühlten sich so wunderbar, wie lange nicht mehr. Plötzlich bemerkte Lisa, dass sie in der Aufregung ihre Armbanduhr im Zimmer liegengelassen hatte. Sie gab Steve Lichtzeichen und die beiden fuhren nach kurzer Absprache zum Motel zurück. Dort baten sie die verwunderte ältere Dame, noch einmal in Zimmer Nummer Sieben nachzusehen, ob die Uhr noch dort lag. Doch die Dame schaute sie nur misstrauisch an. Dann sagte sie: „Ein Zimmer mit der Nummer Sieben habe ich gar nicht. Bei mir geht es nur bis zur Nummer Sechs. Also da müssen Sie sich irren."

Lisa schaute Steve irritiert an. Doch die Dame meinte es gut und so schauten alle zusammen noch einmal nach. Es gab tatsächlich nur sechs Zimmer auf dem Gang. Doch in keinem der leer stehenden Räume fand Lisa ihre Uhr. Enttäuscht wollten die beiden wieder abfahren. Da erzählte ihnen die Dame mit düsterer Stimme von einem Unfall, der sich einst in ihrem Motel ereignet hatte. Als sie das Motel übernommen hatte, gab es tatsächlich einmal sieben Zimmer. Doch ein verheerender Brand zerstörte das gesamte Gebäude. Es stellte sich heraus, dass das Feuer in Zimmer Sieben durch einen Kurzschluss in der Elektroleitung entstand. Dabei waren zwei junge Leute ums Leben gekommen. Als man deren Armbanduhren vollkommen verkohlt im Schutt fand, zeigten sie ziemlich genau „Sieben Uhr" an. Später, als das Motel neu errichtet wurde, verzichtete man auf das siebente Zimmer. Lisa und Steve beschlich ein seltsames Gefühl, als sie diese furchtbare Geschichte hörten. Steve ergriff Lisas Hand und hielt sie ganz fest und die alte Dame verabschiedete sich von den beiden und wünschte ihnen eine gute Fahrt. Zum Abschied gab sie ihnen noch eine Ansichtskarte des Motels mit auf den Weg. Und als die beiden das Motel verließen, entdeckte Lisa plötzlich ihre Armbanduhr. Sie lag auf dem Parkplatz neben einem Stein. Sie hob die Uhr auf und kontrollierte sie, ob sie auch noch funktionierte. Doch als sie die verstaubte Uhr betrachtete, erschrak sie, denn die

Uhr spielte plötzlich ein Lied: Feelings, und sie zeigte eine rätselhafte Zeit an: Sieben Uhr …

## Kleines Wort

Manchmal können Worte wie ein Schlüssel sein, mit dem man wie mit einem Schlüssel in die Seele eines Menschen gelangt. Larry Schindler lebte ein sehr festgefahrenes Leben, in dem jeder Tag, ja, jede Stunde klar und sorgfältig geplant und organisiert war. Und so rührte es ihn auch kaum, als sich seine Ehefrau von ihm scheiden ließ. Denn in seiner grenzenlosen Planung kam seine Frau irgendwann nicht mehr vor. Nie kam er auf die geniale Idee, einmal etwas vollkommen Unpässliches zu tun und mit seiner Frau einfach für drei Tage irgendwo anders hin zu fahren. Er bemerkte nicht, wie seine Frau langsam aber sicher neben ihm verblasste wie eine wunderschöne Rose im Schatten. Larry schien das nicht sonderlich zu stören. Selbstgerecht lebte er sein Leben allein weiter und vereinsamte dabei mehr und mehr. Unmerklich zogen sich sie wenigen Freunde, die ihm noch geblieben waren, von ihm zurück. Und so saß er eines Tages ganz allein in seinem sauberen und aufgeräumten Hause und zählte die Fransen an seinem Perserteppich. Und es kam noch schlimmer, seine Versicherungsagentur verlor einen Kunden nach dem anderen. Alle mieden den pedantischen Erbsenzähler, der nichts anderes im Sinn hatte, als seinen Kunden den letzten Penny vorzurechnen, nur damit seine Versicherung nicht zahlen musste. So kam es, dass er sich so einsam einfach nicht mehr wohl fühlte in seiner Haut. Nie hätte er sich das vorstellen können, aber er wusste plötzlich weder Ein noch aus. Alles erschien ihm sinnlos und ohne Bedeutung. Weil er nun auch nichts mehr verdiente, musste er schließlich sein Haus verkaufen. Mit einer Reisetasche und dem, was er auf dem Leibe trug, schlich er sich von einem Obdachlosenheim zum anderen. Doch auch dort wollte man ihn nicht, denn die Chefs dieser Einrichtungen erinnerten sich noch mit Schaudern an ihn. Er war es nämlich, der ihnen in Notsituationen nicht einen müden Dollar aus deren Versicherungen auszahlen ließ. Nun, da er selbst in Not war, sollte er selbst sehen, wie es war, wenn man nicht mehr weiter wusste und keinen Cent mehr zum Leben besaß. Da er keine Bleibe hatte, suchte er Unterschlupf in einem verlassenen und verfallenen Fabrikgebäude am Rande der Stadt. Der Herbst zog ein mit starken Regen und heftigen Stürmen und Larry erkältete sich fürchterlich. Auf einem nahe gelegenen Müllplatz fand er eine alte löcherige Decke und konnte so das Schlimmste abwenden. Dennoch bekam er einen entsetzlichen Husten und wollte sich in einer Apotheke etwas dagegen besorgen. Da fiel ihm ein, dass er ja keinen einzigen Cent mehr besaß. Und eine Krankenversicherung hatte er seit Monaten nicht mehr. Der Apotheker sah ihn nur misstrauisch an und schob ihm ein paar Lutschbonbons, sozusagen als Werbegeschenk über den Tresen. Mehr konnte oder wollte er nicht für Larry tun. Der schleppte sich mit letzter Kraft zu seinen letzten Habseligkeiten in der alten Fabrik.

Er glaubte, dass er sterben müsste und kniete nieder. Da ihm keine Gebete einfielen, weil er sie früher nie gesprochen hatte, sprach er lediglich ein „Amen". Weiter konnte er auch nicht mehr sprechen, denn er kippte einfach um. Als er wieder zu sich kam, stand ein alter Mann vor ihm und hielt die Hand an seine Stirn. „Du hast hohes Fieber!", sagte der Fremde und holte ein kleines Fläschchen hervor. „Trink das, schnell!", sagte er dann und hielt Larry die Flasche dicht unter den Mund. Larry war schon alles egal und trank die Flasche aus. Im gleichen Augenblick spürte er, wie die Wärme in ihn zurückkehrte. Sie zog durch seine Beine, seine Arme bis in seinen Kopf. Als sie in seinem Herze angekommen war, ging es ihm bereits wesentlich besser. Der Fremde lächelte und meinte dann nur: „Wenn Du wieder bei Kräften bist, kannst Du ja mal in die Kirche kommen. Ich werde auf Dich warten." Dann verabschiedete er sich und wünschte Larry alles Gute. Dann verschwand er in einem grellen Blitz, dem ein heftiger Donner folgte. Schuldbewusst glaubte Larry zunächst, der Teufel sei bei ihm gewesen, um ihn zu holen. Doch sehr schnell begriff er, dass sich draußen vor dem Gebäude ein heftiges Gewitter entlud. Noch vor Stunden hätte er das wohl nicht mehr erleben können. Doch er fühlte sich besser und wollte wissen, was in der Flasche war. Als er jedoch nach dem kleinen Fläschchen suchte, welches eben noch neben ihm lag, fand er es nicht mehr. Dafür konnte er sich bereits wunderbar bewegen

und fühlte sich wieder recht gesund. Und es war ganz sonderbar, statt große Pläne zu schmieden und zu überlegen, wie er sein Leben neu planen könnte, flüsterte er nur ganz leise: „Amen." Dieses eine Wort schien eine unglaubliche Magie auf ihn auszuüben. Er sprach es immer und immer wieder und er spürte, wie eine seltsame Kraft von diesem kleinen Wort auf ihn überging. So etwas hatte er noch nie erlebt und er glaubte, es sei Zauberei, dass er sich wieder so wohl fühlen durfte. Er erinnerte sich an die Worte des rätselhaften Fremden, der ihn in die Kirche eingeladen hatte. Sollte er mit seinem Besuch erst bis zum Wochenende warten? Nein, warum nicht einfach hingehen? Und er nahm seine alte schmutzige Decke unter den Arm und seine kleine Reisetasche in die Hand und lief los. Entschlossen schritt er die regennasse Straße entlang und sah schon von weitem den Turm der kleinen Kirche.
Vor dem hölzernen Tor bliebe er stehen, holte tief Luft und sagte leise zu sich selbst: „Amen" Dann öffnete er das Tor und trat ein. Drinnen entdeckte er sofort den alten Mann. Er musste wohl als Pfarrer in dieser Kirche tätig sein, denn er war dementsprechend gekleidet. Der Pfarrer erkannte Larry sofort und rief schon von weitem: „Komm nur rein und tritt näher. Komm zum Altar und schau Dich um, hier im Hause des Herrn. Sei willkommen." Larry ging nach vorn und bekreuzigte sich. Er wusste gar nicht, warum er das so plötzlich konnte, hatte er doch in seinem bisherigen Leben so etwas nie getan. Er

konnte es schlichtweg nicht. Und plötzlich stand er vorm Altar und sah die Kerzen, die das Kreuz und die Inschrift INRI darauf matt beleuchteten. Da sprach er erneut dieses magische Wort „Amen" und fühlte sich plötzlich so wunderbar, wie seit Monaten nicht mehr. Der Pfarrer wies ihn an, auf einem der Stühle vor dem Altar Platz zu nehmen. Und Larry ließ sich erschöpft auf einen Stuhl fallen und musste erst einmal verschnaufen. Doch plötzlich tauchten wie ein Licht in der Dunkelheit dutzende Bilder seines früheren Lebens vor ihm auf. Er sah die einzelnen Etappen und war schockiert, wie sinnlos er damals sein Leben weggeworfen hatte. Nie schaute er über seinen Tellerrand und alle seine Lieben mussten ihn und seine Launen ertragen. Er wusste auf einmal, wie sie alle unter ihm und seinem pedantischen Verhalten gelitten hatten. Und er mochte sich in diesem Moment selbst nicht mehr leiden. Ja, er hasste sein damaliges arrogantes und ignorantes Verhalten anderen Menschen gegenüber. Und er begriff, warum alle und sogar seine einstmals so geliebte Ehefrau nur noch das Weite suchten. Er bereute es und war doch so traurig, dass er so viele Jahre einfach nur vergeudet hatte. Hätte er nicht einfach nur leben sollen, statt das Konto immer weiter aufzufüllen, nur, um am Ende festzustellen, dass er nie wirklich glücklich war? Und wo hatte er seine Liebe vergraben? Seine Mutter hatte ihm einst doch so viel davon mitgegeben? Warum konnte er diese Liebe nicht weiter geben? Warum verstand er das erst jetzt? Und als ob der Pfarrer seine Gedanken lesen konnte, meinte der leise: „Sei froh, dass Du es überhaupt noch bemerkt hast. Vielen Menschen bleibt es für immer verborgen, was Liebe und Menschlichkeit bedeuten. Du hast es gelernt. Und Du hast Dich erinnert, denn es ist in jedem Menschen drin. Ganz tief in der Seele befindet sich das, was alles Leben zusammenhält, die Liebe. Bewahre sie und hüte sie, und Dir wird es auch ohne Geld und Erfolg viel besser gehen. Amen." Der Pfarrer verschwand in einem Nebenraum und ließ Larry allein zurück. Der schaute zu Jesus am Kreuz und plötzlich fiel ein Lichtstrahl durch die Kirchenfenster bis zu Larry. Der stand auf und wollte sich bei dem Pfarrer für seine Hilfe und seine wertvollen Worte bedanken. Doch als er in dem kleinen Nebenraum nach ihm sehen wollte, war der nicht dort. Larry wunderte sich, denn dieser Raum besaß nur diese eine Tür und kein Fenster. Doch als er den Raum wieder verlassen wollte, fiel ihm ein Foto auf, welches an der Wand hing. Darauf sah er den vermeintlichen Pfarrer, mit dem er eben noch gesprochen hatte. Doch was war das? Darunter war etwas zu lesen, das Larry sehr wunderte: Bischof John Closer, geboren am 12.10.1915, gestorben am 27.03.1979. Und Larry starrte fassungslos auf das Bild und ihm fiel plötzlich dieses kleine Wort ein, welches ihm so viel geholfen hatte. Ja, er war glücklich, dass er es gesprochen hatte. Er verließ die Kirche, aber nicht, um noch ein weiteres Mal dieses kleine

Wort zu sagen, welches seine Seele wie eine lang versiegelte Tresortür endlich aufgeschlossen hatte:

„Amen"

**Allerletzter Zeuge**

James Ripper wurde beschuldigt, zwei Frauen zuerst um ihr Vermögen gebracht und dann auf grausame Art umgebracht zu haben. Nun saß er vorm Schwurgericht und die Anwesenden warteten gespannt auf das Urteil. Doch James wäre nicht James, wenn er sich nicht noch etwas einfallen ließe. Er hielt kurzerhand seinen ihm zugewiesenen Strafverteidiger für befangen und holte sich einen befreundeten Anwalt, der ihn für eine gehörige Summe frei kaufen sollte. Und so wurde auch diese Sitzung wie schon die vorangegangenen Sitzungen vertagt. James schien sich darüber zu freuen, denn jeder Tag, der nutzlos verging, gab ihm ein Stück mehr die Chance, frei gesprochen zu werden. Denn der Richter war schon alt und wollte seinen allerletzten Fall möglichst schnell und ohne großes Aufsehen über die Bühne bringen. James wusste das genau, denn er hatte ja das Geld der Ermordeten und konnte seinen geldgierigen Anwalt mit solcherlei Detektivarbeit beauftragen. Nur die Angehörigen der Opfer wurden von Verhandlung zu Verhandlung schwächer. Als endlich die nächste Verhandlung begann, schaute der Richter bereits angespannt auf die Uhr. Und als schließlich James vermeintliche und bestochene Zeugen auftraten, grinste der nur. Er war sich vollkommen sicher, dass er diesen Prozess gewinnen würde. Als die Geschworenen im Gerichtssaal erschienen, um den Anwesenden ihr Urteil mitzuteilen,

frohlockte James bereits. In den Augen des Richters entdeckte er Langeweile und die Hoffnung, diese letzte Verhandlung seiner Laufbahn ordnungsgemäß und schnell abzuschließen.
Die Geschworenen erhoben sich und James spürte, dass er nur noch gewinnen konnte. Und schließlich verkündeten die Geschworenen ihr Urteil: Unschuldig! Erleichtert sackte James zusammen. Sein Rechtsanwalt fing ihn gerade noch rechtzeitig auf, bevor er auf den kalten Fußboden fiel. Lachend und auf dem Fußboden liegend bedankte sich James kaltschnäuzig und nickte höhnisch den Angehörigen der Opfer zu. Die konnten nicht fassen, was da eben passierte. Einige schrien: „Mörder!", anderen wurde es einfach nur übel. Und es schien ganz seltsam, denn James klopfte seinem Rechtsanwalt dankbar auf die Schulter und grinste ihn an. Und der freute sich, denn ihm waren einige Tausend Dollar aus James Diebesgut sicher.
Die beiden verließen frohgemut das Gerichtsgebäude und der Rechtsanwalt fuhr James zur Bank, wo dieser sich einen gehörigen Batzen seines erlogenen und gestohlenen Geldes abholen wollte, um es dem Anwalt als Dankeschön zu geben. Als James die Bank betrat, holte er tief Luft und schritt mit stolz geschwellter Brust durch die riesige Schalterhalle. An einem Kassenschalter wollte er sich gerade hunderttausend Dollar abholen, da schrie jemand hinter ihm: „Los, Geld raus und hinlegen! Das gilt für alle hier!" James bekam einen derartigen Schreck,

dass er sein bereits erhaltenes Geld auf den Boden fallen ließ. Der Räuber brauchte sich nur noch zu bedienen. Als sich James nicht gleich auf den Boden legte, schlug ihn der Räuber mit seinem Revolver brutal nieder. Dabei fiel James der seltsame silberne Ring am kleinen Finger des Räubers auf. Er stellte einen Totenkopf dar und war ziemlich groß. Doch es stürmten noch zwei weitere maskierte Räuber in die Bank. Und die sicherten sämtliche Türen. So konnte der dritte Gangster in aller Ruhe das Geld und den Schmuck der Opfer einsammeln. Als er den letzten Dollarschein eingesteckt hatte, wollte er die Schalterhalle schnellstens wieder verlassen. Er gab seinen beiden an der Tür stehenden Kumpanen ein Zeichen und die rannten hinaus und sicherten den Weg bis zu ihrem Wagen. James schien nur darauf gewartet zu haben. Gerade als der Räuber die Bank verlassen wollte, sprang er von hinten auf ihn zu und packte ihn am Bein. Der Räuber stolperte und fiel zu Boden. Doch er wollte das Geld nicht so leicht wieder herausrücken. Und so kam es zu einem kurzen Kampf. Plötzlich löste sich ein Schuss. Die Kunden erstarrten in ihrer Liegeposition und hielten sich vor Schreck die Hände über den Kopf und das Schalterpersonal starrte auf die beiden Männer, die regungslos am Boden lagen. Waren sie nun beide tot? Schließlich erhob sich der Räuber und floh. James blieb regungslos am Boden zurück. Als der Notarzt eintraf, stellte der nur noch James´ Tod fest.

Es war James Rechtsanwalt, der sich am darauf folgenden Morgen die Tageszeitung an einem Kiosk geben ließ. Schon auf der Titelseite erkannte er seinen ehemaligen Klienten. Und als er dann noch las, dass dieser James ein Opfer eines Banküberfalles war, traf ihn beinahe der Schlag. Aber nicht etwa, weil er so traurig über James´ Ableben war. Nein, vielmehr war er sauer, weil er nun nicht zu seinem Anteil kam, den ihm James nach der gewonnenen Gerichtsverhandlung versprochen hatte. Zwei der Räuber wurden gefasst und es stellte sich heraus, dass es sich um die beiden Ehemänner der Frauen handelte, die James vor Monaten ermordet hatte. Als James Tage später in aller Stille beigesetzt wurde, war es eisig kalt und der Sturm peitschte den Regen über die Grabstellen. Zur Beisetzung von James Urne kam nur ein einziger Gast. Der alte, schwarz gekleidete Mann sprach kein Wort und trug trotz des schlechten Wetters eine schwarze Sonnenbrille. Außerdem trug er einen merkwürdigen silbernen Ring am kleinen Finger. Dieser Ring zeigte einen Totenkopf und als James unter der Erde war, verließ der Mann sofort wieder den Friedhof. Dabei nahm er seine Sonnenbrille ab. Darunter stachen zwei rote Augen durch die Düsternis und zwei seltsame Erhebungen formten sich unheilvoll unter seinem breitkrempigen schwarzen Hut …

**Autounfall**

Ray Habort war Bürgermeister einer kleinen Gemeinde. Er war nicht sehr beliebt und er hatte nur eines im Sinn: Möglichst schnell recht viel Geld zu scheffeln! Dafür sann er sich die gemeinsten Dinge aus. Um das Stattsäckel und damit auch seine eigene Tasche zu füllen, stellte er sogar auf Waldwegen Blitzgeräte auf. So kassierte er all die Fahrradfahrer ab, die auf den Waldwegen radelten und wurde immer reicher und reicher. Schließlich ordnete er sogar an, dass man ihm die gesamten Einnahmen, welche man den Bürger in Form von erfundenen Steuern aus den Taschen zog, auf sein eigenes Konto überweisen sollte. Die Bürger hatten von alledem nicht blasseste Ahnung, wunderten sich nur, dass ihre kleine Stadt mehr und mehr verkam. Schon bald gab es weder ein Schwimmbad noch einen öffentlichen Park. Doch Ray wurde immer gieriger. Er dachte schon darüber nach, sich die Einnahmen der Kirche anzueignen. Doch zunächst kaufte er sich einen richtig teuren Luxuswagen von dem bereits ergaunerten Geld. Damit fuhr er jeden Morgen vor sein Rathaus und ließ sich sogar mit seinem neuen Auto fotografieren. Jeder sollte sehen, wie reich er doch war. So achtete er natürlich auch nicht auf die Geschwindigkeit, wenn er mit diesem Fahrzeug übers Land brauste. Er brauchte sich ja auch nicht zu fürchten, denn er hatte längst alle Polizeistreifen bestochen. Und so war er auch auf der Landstraße der King. Eines Abends jedoch schien alles anders zu werden. Gerade war er daheim angekommen und wollte seinen Wagen in die mit Marmor ausgelegte Garage fahren, da bemerkte er, dass er seine Aktentasche im Büro in der Stadt vergessen hatte. Stöhnend ließ er sich in die weichen Ledersitze fallen und raste noch einmal los. Es hatte zu regnen begonnen und die Landstraße war rutschig und feucht. Und da es Herbst war, lag eine Menge Laub auf der nassen Fahrbahn. Ray raste wie ein Irrer übers Land und näherte sich einer steilen Kurve. Er übersah die Pfützen und als er die Kurve nicht mehr schaffte, trat er aufs Bremspedal. Auf der Straße fuhr jedoch nicht nur er. Inmitten der Kurve befand sich in diesem unseligen Moment auch ein Radfahrer, der nicht mehr ausweichen konnte. Rays Wagen reagierte nicht auf die Bremse, rutschte über die Straße und rammte den Fahrradfahrer. Der fiel zu Boden und rührte sich nicht mehr. Ray hatte natürlich einen fürchterlichen Schreck bekommen. Er stieg aus und schaute nach dem Fahrradfahrer. Der lag regungslos neben seinem total verbeulten Fahrrad und rührte sich nicht. Ray starrte auf den Mann und dann auf sein Fahrzeug. Die gesamte Frontpartie war eingedrückt. Und plötzlich bekam er es mit der Angst zu tun, sprang ins Fahrzeug zurück und raste mit quietschenden Reifen davon. Noch einmal schaute er in den Rückspiegel, vergewisserte sich, dass ihm auch niemand folgte. Offenbar hatte er Glück gehabt und war nur mit dem

Schrecken davon gekommen. Sein Wagen jedoch schien das Ganze nicht so schadlos überstanden zu haben. Die Lenkung musste irgendeinen Schaden davongetragen haben. Ständig zog das Fahrzeug nach links. Ray verringerte die Geschwindigkeit und kam ungesehen bis in seine Garage. Doch immer wieder sah er den Verunglückten vor sich, den er auf der Straße liegen gelassen hatte. Sollte er nicht doch die Polizei oder wenigstens einen Notarztwagen rufen? Doch was wäre, wenn man seine Stimme erkannte? In wenigen Wochen fanden Wahlen statt. Wenn sein Unfall bekannt würde, dann wäre er erledigt. Und dann wäre es aus mit seinem schönen Leben und dem ganzen Geld, welches er sich bis dahin unbemerkt in die eigene Tasche wirtschaften konnte. Er spürte, wie ihm der Atem stockte. Mit zitternden Händen griff er zum Telefonhörer und wählte die Nummer der Polizei, doch dann siegten die Angst und die Schmach, alles verlieren zu können. Er legte wieder auf und rief einen Ganoven im Nachbardorf an, den er schon oft für seine miesen Zwecke missbraucht und gut dafür bezahlt hatte. Er bot ihm viel Geld an, wenn der seinen Wagen notdürftig reparierte und ihn wieder herrichten würde. Der Gauner holte den Wagen noch in der gleichen Nacht. Und am nächsten Morgen war Ray zehntausend Dollar leichter und sein Wagen frei von allen Unfallspuren.
Mit hoch erhobenem Haupte fuhr in sein Rathaus und ließ sich großmütig von seiner Sekretä-

rin die neues Meldungen aus der Region mitteilen. Als die ihm von dem schweren Unfall auf der Landstraße berichtete, wurde Ray ganz blass. Und als sie ihm auch noch mitteilte, dass der Radfahrer nur noch tot geborgen werden konnte, fühlte er sich sogar ein wenig schuldig. Doch er überspielte das sehr professionell hinter seiner beispiellosen Arroganz und seiner Boshaftigkeit. Er wollte zunächst zu seinem Autohaus, um den reparierten Wagen in Zahlung zu geben und sich umgehend einen neuen Wagen zu kaufen. So fuhr er los und der Autohändler kaufte ihm den Wagen sofort ab. Da dieser Autohändler dieses Modell jedoch nicht mehr auf Lager hatte, musste Ray in eine andere Stadt fahren, um dort nach diesem Modell zu suchen. Er fand einen Autohändler, der exakt dieses Modell im Angebot hatte und schon am nächsten Tag konnte Ray das neue Fahrzeug abholen. Er glaubte, damit wären alle Spuren, die vielleicht doch noch auf ihn hinweisen konnten, endgültig beseitigt. Am darauf folgenden Tag ließ er sich von seiner Sekretärin in die Stadt fahren. Sein neues Fahrzeug glänzte im Sonnenlicht und Ray freute sich, endlich losfahren zu können. Da es das gleiche Modell war, musste er sich auch gar nicht erst umgewöhnen. Er stieg ein und brauste los. Seine Sekretärin, die eigentlich hinter ihm herfahren wollte, bis sie vorm heimischen Rathaus eintrafen, kam einfach nicht mehr hinterher. Zu schnell hatte sie Ray aus den Augen verloren. Doch sie hatte ja ohnehin nichts zu melden. Und selbst, wenn Ray geblitzt würde, dann bekäme er keine Strafe. Er hatte ja alle bestochen und musste nichts befürchten. Und so rekelte er sich selbstzufrieden und hochnäsig in seinem butterweichen Ledersitz. Er begutachtete die neue Wurzelholzverkleidung, die überall in seinem neuen Wagen angebracht war. Und er schaute aus den getönten Scheiben hinaus auf die Straße. Seine Stereoanlage spielte seine Lieblingssongs ab und er fühlte sich so richtig gut. Als er an der Stelle vorüber kam, an welcher er den Radfahrer überfahren hatte, schaute er nur einmal kurz in den Straßengraben. Doch er war sich seiner Sache derart sicher, dass ihm dieses Erlebnis schon bald und viel zu schnell entfiel. Er wollte einfach nicht mehr daran denken und drückte noch einmal recht kräftig auf die Tube. Der Wagen raste los und Ray lauschte verzückt dem kraftvollen Sound des Motors. Plötzlich jedoch bemerkte er, dass die Lenkung nicht mehr richtig funktionierte. Immer wieder zog es das Auto auf die Gegenfahrbahn. Sollte dieser Wagen etwa kaputt sein? Ray wollte anhalten, doch aus irgendeinem Grund funktionierten auch die Bremsen nicht. Wie wild trat er auf das Bremspedal, doch es regierte nichts. In Panik zog er die Handbremse, aber auch die schien wohl einen Defekt zu haben. Der Wagen wurde schneller und schneller und Ray trieb es den Angstschweiß auf die Stirn. Die Luft wurde ihm knapp und es kam so, wie es kommen musste. An der nächsten Biegung kam der Wagen von der Straße ab und raste gegen einen dicken Baum. Durch den heftigen Aufprall wurde Ray aus dem Wagen geschleudert und verlor das Bewusstsein. Seine Sekretärin, die Minuten später an der Unfallstelle eintraf, fand Ray leblos im Straßengraben liegend vor. Der später eintreffende Notarzt konnte nur noch seinen Tod feststellen. Als die Polizei den Wagen genauer untersuchte, stellte sich anhand der Fahrzeugnummer schließlich heraus, dass es sich um Rays vorherigen Wagen handelte. Und das war seltsamerweise jenes Fahrzeug, mit welchem er Tage zuvor den Fahrradfahrer tot gefahren hatte.

**Geisterhaus**

Jane Fuley wollte dieses alte Haus. Es gefiel ihr und sie wollte auch weg aus ihrer alten, nicht sehr schönen Umgebung in der Stadt. Diese hohen Wohnblocks jagten ihr in der letzten Zeit sogar Angst ein. Und in ihrem Job fühlte sie sich auch nicht mehr wohl. Deswegen suchte sie sich eine neue Umgebung und sie fand dieses wunderschöne Haus am Wald. Sie wunderte sich, dass dieses malerisch gelegene Haus sehr lange Zeit leer stand. Es hatte einfach keinen Käufer gefunden und eine ältere Dame, die gerade vorüber lief, meinte nur, dass es in diesem Haus nicht mit rechten Dingen zuging. Jane jedoch ließ sich dadurch nicht beirren. Sie hatte es satt noch länger in ihrem Wohnsilo zu vegetieren. Und da sie auch einen neuen Job gefunden hatte, den sie sogar online erledigen konnte, stand dieser Veränderung nichts mehr entgegen. Der Tag des Umzugs kam und Jane freute sich auf die Zeit in ihrem neuen Hause. Und die ersten Tage verliefen genauso, wie sie es sich vorgestellt hatte. Und so langsam richtete sie sich ein, kaufte sich neue Gardinen und neue Möbel. Sie gestaltete sich dieses kleine Haus genau nach ihren Wünschen und glaubte, dass sie dort viele Jahre, vielleicht sogar bis ins hohe Alter leben würde. Doch sie irrte sich! Es begann an einem Abend im November. Sie kam aus der Stadt und hatte sich ein neues Besteck mitgebracht. Gerade wollte sie es auspacken, da rumorte es in den Küchenschränken. Zunächst glaubte Jane, dass sie sich verhört habe. Doch das Rumoren wurde stärker und stärker. Sie wollte der Sache nachgehen und suchte die ganze Küche ab. Doch sie konnte nicht herausfinden, woher dieser Krach kam. Als sie sich an den Tisch setzte, um etwas zu essen, öffnete sich wie von Geisterhand eine Schublade. Noch hatte es Jane nicht bemerkt, doch plötzlich flogen Besteckteile durch die Luft und Jane erschrak fürchterlich. Sie wollte sich in Sicherheit bringen, doch da bemerkte sie, dass nicht sie attackiert wurde. Die Besteckteile flogen bis zu ihrem Tisch und legten sich dann neben ihren Teller. Jane glaubte, zu träumen, sie konnte nicht glauben, was sie da sah. Was ging in diesem Hause nur vor? Doch es wurde immer schlimmer. Die Gardinen zogen sich von allein auf und wieder zu. Fenster öffneten sich und schlossen sich nach einigen Minuten wieder und schließlich schaltete sich das Licht ein und dann wieder aus. Jane glaubte, verrückt zu werden. Unmöglich konnte sie noch länger in diesem verrückten Hause bleiben. Sie hatte die vage Hoffnung, dass es wenigstens die Nacht über ruhig blieb. Doch da lag sie falsch, denn gegen Mitternacht hörte sie Schritte, die auf dem Gang vor dem Schlafzimmer und in der oberen Etage auf und ab liefen. Es hörte sich derart gespenstisch an, dass Jane kein Auge schließen konnte und panisch die Schlafzimmertür verriegelte. Und plötzlich kam ein Gefühl, welches sie in ihrem Wohnsilo in der Stadt selten hatte, Angst! Sie fürchtete sich und die alten Bilder an den Wänden, die noch vom Vorbesitzer des Hauses stammten, bewegten sich und aus den Augen der dort abgebildeten Personen lief Blut die Wand hinunter. Nein, dieses Haus schien verflucht zu sein. Nur konnte Jane diesen rätselhaften Fluch nicht brechen. Sie musste ihn ertragen oder eben ausziehen. Schließlich kam es soweit, dass der Tisch in ihrer Küche eines Morgens komplett gedeckt war. Die Kaffeemaschine bereitete selbständig den Kaffee zu und als Krönung backte sogar ein köstlich duftender Kuchen in der Backröhre des alten Herdes. Und immer und überall fiel Jane ein kleines Foto von einer fremden jungen Frau auf. Mal stand es neben der Kaffeekanne und mal neben ihrem Essteller. Es war überall dabei und Jane konnte sich absolut keinen Reim darauf machen. Irgendwann fürchtete sie sich sogar davor. Und weil sie es einfach nicht mehr aushielt, nahm sie sich eine kleine Zweitwohnung in der Stadt. Sie musste erst einmal wieder zu sich kommen und den Spuk in ihrem Haus hinter sich lassen. Nur ging das nicht so einfach. Immer wieder fuhr sie hinaus, um es doch noch einmal zu versuchen. Sie konnte nicht glauben, dass möglicherweise ein Geist in ihrem Haus umging, der anscheinend nicht zur Ruhe kam. Doch sie konnte diesen Gedanken nicht mehr loswerden. Jedes Mal, wenn sie im Haus war, drängte sich dieser Gedanken auf und der Spuk ließ auch nicht lange auf sich warten. Eigentlich glaubte sie nicht so recht an Geister und paranormale Phänomene, doch sie erkundigte sich in ihrem Lieblingsrestaurant in der Stadt nach einem Parapsychologen oder einem Geisterjäger. Schon nach kurzer Zeit erhielt sie eine Adresse in Downtown und fuhr sofort dorthin. Mr. Jenkins war ein netter, älterer Herr. Jane fiel sofort seine Gelassenheit und seine Ruhe auf. Sie zweifelte ein wenig, dass er im Stande sei, Geister aufzuspüren. Doch als er zu erzählen begann, wie er vorgehen wollte, schöpfte sie Vertrauen. Sie wollte endlich wissen, wer oder was in ihrem Hause umging. Jenkins brauchte keine Gerätschaften, als er sich für eine Woche in Janes Haus einmietete. Er meinte, dass er lediglich sein Gespür benutzte, welches er angeblich von seiner geliebten Mutter geerbt hatte. Jane unkte, dass möglicherweise der Geist nicht mehr kommen würde. Doch da hatte sie sich geirrt. Schon am ersten Abend nach Erscheinen des Geisterjägers fing es wieder an. Besteckteile flogen durch die Luft und das Licht im Hause schaltete sich ein und wieder aus. Jenkins schloss seine Augen und meinte dann, dass er eine starke Energiequelle im Hause verspürte, die sich ständig durch alle Zimmer bewegte. Er sagte, dass er sie genau lokalisieren konnte. Jane beobachtete misstrauisch Jenkins' Spielchen. Doch sie hatte Vertrauen und hoffte, dass Jenkins wusste, was er da tat. Und nachdem er eine ganze Nacht im Keller des Hauses verbracht hatte, bat er am darauf folgenden Morgen Jane zu einem Gespräch zu sich. Er wollte Jane von seinen Beobachtungen berichten und seine

Ansichten und Erkenntnisse zu diesem Fall schildern. Er meinte, dass er eine junge Frau gesehen habe, die das Besteck auflegte und durch die Türen ging. Auch habe sie die Lampen im Haus ein- und ausgeschaltet. Von dem rätselhaften Foto, welches Jane andauernd erschienen war, sagte er nichts. Offenbar hatte sich dieses Bild vor ihm bisher nicht gezeugt. Jane erkundigte sich bei Jenkins, ob dieser das Foto schon gesehen habe. Doch der schüttelte nur den Kopf. Aber kaum hatte er das getan, da erschien das Foto vor ihm auf dem Tisch. Jenkins schien gar nicht erstaunt, er sagte nur, dass es diese junge Frau war, die er im Keller gesehen habe. Jane konnte das alles nicht begreifen. Was passierte da nur? Doch dann wackelte das Foto und fiel schließlich vom Tisch. Es fiel geradewegs auf eine lockere Diele. Jenkins wollte das Foto aufheben, da betrachtete er sich die undichte Stelle in den Dielen. Dann zog er kräftig an der losen Diele und hatte sie schließlich in der Hand. Darunter lag ein altes zerfetztes Buch. Es sah aus wie ein Tagebuch. Jane hob es auf und betrachtete es interessiert. „Was mag da nur drinstehen?", sagte sie leise. Und Jenkins nahm es ihr aus der Hand. Neugierig schlug er es auf. Darin fand er jede Menge Gekritzel, welches nur sehr schwer zu entziffern war. Doch eines konnte er ganz deutlich lesen, den Namen Agnes Fuley. Jane traf beinahe der Schlag, als sie das hörte. Und sie bat Jenkins, das Buch noch am selben Abend so gut wie möglich zu entziffern. Die beiden setzten sich an den Tisch und hielten sich mit starkem Kaffee wach. Gegen Mitternacht hatte Jenkins die ersten Sätze entziffern können. Gespannt wartete Jane auf seine Ausführungen. Er hatte sich Notizen gemacht und las diese nun vor: „Agnes Fuley ... habe ich meine kleine Tochter gesund gepflegt ... es geht ihr schon wieder besser ... Tom hat mich wieder geschlagen ... ich werde wohl bald weggehen, fliehen ... aber es ist doch unser Haus ...ach meine geliebte Jane ... ich hab Dich so lieb."

Jane glaubte, sich verhört zu haben. Sprach Jenkins etwa von Jane? Dann hieß die Tochter von dieser rätselhaften Agnes also Jane, genau wie sie. Und nun wollte sie es genau wissen. Vor lauter Aufregung konnte sie nicht ins Bett gehen und am nächsten Morgen fuhren die beiden schon sehr früh zu einer Polizeistation. Jane musste unbedingt herausfinden, ob es eine Agnes Fuley gab und ob ihr etwas zugestoßen war. Der Polizeibeamte fand tatsächlich heraus, dass vor dreißig Jahren eine Agnes Fuley als vermisst gemeldet wurde. Doch sie konnte nie gefunden werden. Es stellte sich schließlich heraus, dass es sich bei Agnes Fuley um die Mutter von Jane handelte. Agnes' Leiche wurde im Keller von Janes Haus, welches einst dem Ehepaar Tom und Agnes Fuley gehörte, gefunden. Agnes wurde von ihrem Mann ermordet und im Keller vergraben. Vorsorglich hatte sie ihre Tochter Jane bei einer fremden Frau vor die Tür gelegt. So erfuhr Jane nie von ihrer richtigen Mutter. Über all die vielen Jahre hatten es ihre Pflegeeltern nicht gesagt. Jane war erleichtert und doch auch traurig, dass diese furchtbaren Dinge nun ans Licht gekommen waren. Doch sie konnte fortan ruhig in ihrem Hause leben, denn der Geist von Agnes Fuley hatte seine Ruhe gefunden und kehrte nie mehr zurück. Nur Mr. Jenkins kam oft und schlich immer um Jane herum. Und immer an Agnes´ Geburtstag legte er frische Blumen auf ihr Grab …

**Friedhofsverlegung**

Es herrschte große Aufregung in der Stadt. Denn ein Gerücht machte die Runde, dass Geister die Stadt bedrohten. Das versetzte natürlich die Leute in Angst und Schrecken. Und so musste man etwas unternehmen, damit die Geister nicht irgendwann über die Stadt herfielen. Doch wie sollte man als Mensch gegen einen Geist ankommen. Würde so etwas wirklich gut gehen können? Am Ende könnten sich die Geister an den Leuten rächen und es wäre nicht auszudenken, was dann geschah. So schlossen sich die Leute zusammen. Sie fanden, dass es wohl das Beste sei, wenn sie gemeinsam gegen die ominösen Geister zu Felde zogen. Doch sehr schnell bemerkten sie, dass sie gar nicht wussten, wo sich die vermeintlichen Geister eingenistet hatten. Und dann gab es noch die alles beherrschende Unsicherheit, waren es nun böse oder gute Geister? Keiner konnte das sagen. Doch irgendjemand munkelte, dass die Geister böse seien und schon bald zum Angriff bliesen.
Kurt war ein Zeitungsverkäufer, der in einem kleinen winzigen Kiosk mitten in der Stadt arbeitete. Er glaubte nicht an Geister und fand das Gerücht nur unsinnig und gefährlich. Dennoch wollte er der Sache auf den Grund gehen. Denn irgendjemand hatte dieses Gerücht ja verbreitet. Er musste wirklich lange recherchieren, bis er auf die Spur eines alten Mannes, der irgendwo am Rande der Stadt lebte, kam. Lange suchte er nach

ihm und fand schließlich sein sehr einsam gelegenes verfallenes Haus. Der Alte galt als sonderlicher Einzelgänger, mit dem wohl niemand etwas zu tun haben wollte. Kurt wollte sich mit ihm unterhalten. Doch das klappte erst nach dutzenden vergeblichen Anläufen. Als es schließlich soweit war, berichtete ihm der Alte, dass er in der Tat mehrere seltsame Erscheinungen gesehen hatte. Angeblich würden sie wie Geister aussehen und schon bald über die Stadt herfallen. Außerdem hätten die Geister etwas mit dem Friedhof der Stadt zu tun. Kurt konnte sich das beim besten Willen und aller Fantasie nicht vorstellen. Denn, wenn es schon solcherlei Geister gäbe, warum wollte der Alte so genau über deren Vorhaben Bescheid wissen? Nein, da musste noch etwas ganz anderes zugrunde liegen. Nur was? Da er von dem Alten nichts weiter in Erfahrung bringen konnte, ging er unverrichteter Dinge wieder heim. Unterwegs dachte er nur an das, was der Alte zu ihm gesagt hatte. Was, wenn doch etwas Wahres an dieser Sache war? Und was wäre, wenn der Alte mit diesen Geistern irgendetwas anderes gemeint hatte? Wären die Leute dann in Gefahr? Sollte er vielleicht mal mit dem Bürgermeister sprechen? Doch das wäre zu riskant. Denn eine Panik musste er unbedingt vermeiden. Und dann wäre es auch immer noch nicht ganz klar, ob ihn der Bürgermeister überhaupt empfangen würde. Er musste also selbst sehen, was er tun konnte. Im Internet versuchte er, diverse Dinge über Geister in Erfahrung zu bringen. Doch viel Ernsthaftes und wirklich Glaubhaftes war da nicht zu finden. Mit Spukgeschichten und albernen Fotos, die nur zusammen geschnitten waren, konnte er keinen Blumentopf gewinnen. Schließlich und enttäuscht von der erfolglosen Suche ging er zu seinem Kiosk und sortierte die Zeitungen. Da fiel ihm ein seltsamer Artikel auf. Der beschäftigte sich mit Geistersichtungen ganz in der Nähe. Und als er die Zeitung aufschlug, um den Artikel in voller Länge nachzulesen, sah er ein Foto, welches ihm echt erschien. Darauf waren mehrere verschwommene Gestalten zu sehen, die über einem Friedhof kreisten. Das mussten die obskuren Geister sein. Und dieser Friedhof befand sich ganz in der Nähe. Aber was hatte das zu bedeuten? Wieso wollten die Geister auf den Friedhof, wenn dort doch keine lebendigen Menschen und demzufolge auch keine Seelen mehr zu holen waren? Gerade wollte er die Zeitung weglegen, da las er zufällig eine andere Überschrift: Friedhofsgelände soll verlegt werden! Und plötzlich kam ihm ein Verdacht. Sollten diese Geistererscheinungen vielleicht etwas damit zu tun haben? Er musste sich vergewissern, ob etwas an dieser Meldung dran war. Er rief beim Friedhofsverwalter an und tatsächlich. Aufgeregt berichtete der ihm, dass schon bald mit der Verlegung der Grabstellen begonnen werden sollte. Kurt konnte das nicht fassen. Wieso sollte der Friedhof verlegt werden? Der Verwalter wusste eine Antwort, man wollte ein riesiges Bürohaus an dieser Stelle errichten.

Und der Friedhof sollte an einer Stelle entstehen, wo der Boden steinig und eigentlich sehr ungeeignet war. Kurt war fassungslos. Sollte tatsächlich das Geld über die armen Seelen auf dem Friedhof siegen? Das Gelände war doch schon seit ewigen Zeiten ein Friedhof und Generationen lagen in dieser Erde begraben. Da konnte man dort doch kein Bürohaus errichten. Das war vollkommen undenkbar. Und er schrieb einen Brief an den Bürgermeister. Doch eine Antwort erhielt er nicht. So kam es, wie es kommen musste, die Bagger rollten an und die ersten Gräber sollten eingeebnet werden. Da geschah etwas sehr Seltsames; noch ehe der Bagger sich in den Boden bohren konnte, fuhr plötzlich eine heftige Windbö über das Gelände. Der Wind wurde so stark, dass sich die Anwesenden an herumstehenden Bäumen festhalten mussten. Über dem Friedhofsgelände erschienen dutzende grauenhafte Gesichter. Sie rissen ihre Münder auf und schrien derart laut und grässlich, dass sich alle die Ohren zuhielten. Doch als sich der Spuk legte, wollte der Bagger loslegen. Merkwürdigerweise gelang es ihm jedoch nicht, in den Boden einzudringen. Alles schien hart wie Stahl geworden zu sein. Der Friedhofsverwalter, der noch bis zuletzt um Aufschub gebettelt hatte, konnte nicht glauben, was er da sah. Und die Männer des Bautrupps starrten fassungslos auf die verbogene Baggerschaufel. Es half nichts, sie mussten vorerst ihr unfaires Werk beenden. Denn es war vollkommen unmöglich, weiter zu arbeiten. Am nächsten Tag kam der Bagger gar nicht erst auf das Friedhofsgelände. Alle Tore waren versperrt und ließen sich auch nicht öffnen. Kurt, der alles von Anfang an verfolgt hatte, sprach noch einmal mit dem Verantwortlichen für die Verlegung, Wolf Herfried. Doch der war unerschütterlich. Er beharrte auf seinem Auftrag und schaute stolz auf seinen neuen Straßenkreuzer, den er sich erst vor zwei Tagen zugelegt hatte. Er setzte sich hinein und brauste davon. Kurt aber ließ er einfach im Regen stehen. Seltsamerweise ging die Arbeit am nächsten Tag nicht weiter. Regungslos wartete der Bagger vor dem Friedhof und keiner schien sich für die Arbeit zu interessieren. Kurt, der schon sehr früh am Morgen auf der Baustelle erschienen war, um ein letztes Mal mit Herfried zu sprechen, wunderte sich, dass der noch nicht vor Ort war. Da erschien der Baggerführer und rief schon von weitem, dass Herfried etwas Furchtbares zugestoßen sei. Man hätte ihn am Morgen tot in der Dusche seines Hauses aufgefunden. Kurt konnte nicht glauben, was er da hörte. Sollten sich am Ende die Geister an ihm gerächt haben? Aber das war doch vollkommen unmöglich! Und weil es nun keinen Verantwortlichen mehr gab, wurden die Arbeiten abgebrochen. Kurt war froh, dass der Friedhof verschont blieb, wenngleich er schon ins Nachdenken kam, warum Herfried so plötzlich sterben musste. Doch er konnte nichts für ihn

tun, hatte ja immer versucht, mit ihm zu sprechen. Als er sich mit dem Friedhofsverwalter unterhielt und ihm von Herfrieds Tod berichtete, wurde dieser plötzlich sehr still. Dann bat er Kurt in das kleine Friedhofsgebäude und kramte ein altes Buch hervor. Er blätterte eine Weile darin und schien schließlich etwas sehr Wichtiges gefunden zu haben. Mit düsterer Stimme las er aus dem Buch vor: „Martin Linde, gestorben am 07. Januar 1861. Zusatzeintrag: Wer mich in meiner Totenruhe stört, wird es bitter bereuen."
Kurt konnte zunächst nichts damit anfangen. Doch dann raunte der Friedhofsverwalter: „Martin Linde lebte einst in einem verfallenen Hause am Stadtrand und er war der Urgroßvater von Wolf Herfried, dem Verantwortlichen für die Verlegung des Friedhofes …"

## Engel der Freiheit

Peter lebte allein irgendwo in Texas auf dem Lande. Und er hatte sich längst mit seinem Schicksal abgefunden, denn er fand einfach keine Arbeit mehr. Immer wieder bekam er zu hören, dass er zu alt sei oder das man sich doch für einen anderen Bewerber entschieden habe. So ging ihm irgendwann das Geld aus und er musste sich mit Gelegenheitsjobs mühsam über Wasser halten. Seine Eltern lebten nicht mehr und er musste sehen, wie er sein Leben meisterte. Nicht immer kam jemand aus der Nachbarschaft und erbarmte sich seiner. Doch zur Kirche wollte er dennoch jeden Sonntag. Meryl, eine sehr nette junge Frau holte ihn jedes Mal von daheim ab und gemeinsam fuhren sie dann in die Kirche. Mit der Zeit hatte er sich an Meryl gewöhnt und sie lernten sich näher kennen. Es blieb ja auch nicht aus, denn der Gottesdienst in der Kirche brachte sie zusammen. Außerdem war sie die einzige Person, die keine Schwierigkeiten mit Peters ewiger Arbeitslosigkeit hatte. Es kam die Zeit, da konnten sie nicht mehr voneinander lassen. Meryl wollte ihren kleinen Landwirtschaftsbetrieb aufgeben, um für immer mit Peter zusammen zu ziehen. Doch dazu sollte es nicht kommen. Schon im Radio vernahm Peter die furchterregende Nachricht, dass aus einem ganz in der Nähe befindlichen Strafgefängnis ein bereits verurteilter Mörder ausgebrochen sei. Er war auf der Flucht und überall wurde er von der Polizei gesucht.

Und es kam noch schlimmer, denn ausgerechnet dieser Mann stand eines Nachts vor Peters kleinem Häuschen. Als er dummerweise von einem jungen Mann auf der Straße erkannt wurde, verfolgte der Mörder diesen Mann und holte ihn schnell ein. Als der gerade die Polizei anrufen wollte, erschlug ihn der Täter. Die Leiche zerrte er in Peters Hauseingang und legte sie dort ab. Dann rief er bei der Polizei an und teilte den Beamten mit verstellter Stimme mit, dass er den gesuchten Täter gesehen habe. Er teilte den Beamten Peters Adresse mit und verschwand. Peter konnte von alldem nichts ahnen. Er lag in seinem Bett und konnte nicht sehen, welches Übel sich seinem Hause näherte. Die schnell eintreffenden Beamten fanden schließlich die Leiche vor und nahmen Peter fest. Und das Allerschlimmste war, dass Peter dem wahren Täter wie aus dem Gesicht geschnitten ähnlich sah. Er konnte sich überhaupt nicht gegen die Anschuldigen zur Wehr setzen, denn der echte Täter hatte vorgesorgt. Nachdem er die Leiche in Peters Haus verbracht hatte, blieb ihm noch genügend Zeit, um sich Peters Ausweispapieren zu bemächtigen und stattdessen gefälschte Dokumente dort zu hinterlassen. Für Peter gab es kein Entrinnen mehr. Und als Meryl am Tag darauf zu Peter kam, fand sie ihn dort nicht mehr vor. Sie nahm an, dass er verreist war, ohne ihr etwas zu sagen und fuhr enttäuscht wieder zu sich nach Hause. Peter wurde in Untersuchungshaft genommen und es war der absolute Alptraum für ihn. Von einem mehr oder weniger erträglichen Leben war er in der sprichwörtlichen Hölle gelandet. Er konnte nichts mehr essen und es ging ihm von Tag zu Tag schlechter. Irgendwann kam es zu einer Verhandlung und er wurde für „schuldig" gesprochen. Sein Ende war besiegelt und er landete als verurteilter Mörder in einer Todeszelle. Wie in Trance ertrug er dieses fürchterliche Schicksal. Seine Gedanken aber kreisten bereits um Friedhöfe, den Teufel und das Verderben. Und dabei dachte er immer wieder an Meryl. Wie würde es ihr wohl ergangen sein? Sicher würde sie glauben, dass er nichts mehr von ihr wissen wollte. Von Tag zu Tag wurde er depressiver und weil er bereits von Selbstmord faselte, entschloss man sich schließlich, ihn vorerst in einem psychiatrischen Krankenhaus unterzubringen. Doch auch dort war es die Hölle auf Erden für ihn. Er fand sich unter wahnsinnigen Straftätern und dem stupiden Einerlei des Alltags in einer solchen Klinik wieder. Dort schienen die restlichen Hoffnungen vollends zu sterben. Die starken Medikamente ließen ihn durch die Tage gleiten und er gab sich langsam auf. Eines Nachts jedoch hatte er einen seltsamen Traum. Er sah sich in seinem Krankenzimmer liegen. Vor den Fenstern spannte sich der dicke Stacheldraht und grässlich entstellte Monster liefen mit langen Messern bewaffnet auf den Gängen umher. Plötzlich entstieg aus dem Himmel ein goldener Engel herab. Er flog geradewegs durch die Gitterstäbe und den todbringenden Stacheldrahtzaun hindurch, geradewegs in Peters Krankenzimmer. Dort löste er die Fesseln und ergriff Peter. Dann verschwand er mit ihm zusammen aus diesem entsetzlichen Moloch hinauf in den sternenklaren Himmel. Und Peter fühlte sich bei diesem Traum so unendlich frei. Es war ganz merkwürdig, aber alles erschien ihm so real. Es war, als erlebte er das alles in Wirklichkeit. Doch als er seine Augen aufschlug, fand er sich in seinem furchtbaren Kerker wieder. Dennoch fasste er plötzlich den Entschluss, sich nicht noch länger unterkriegen zu lassen. Er wollte unter gar keinen Umständen aufgeben und seine vorangegangene Depression wich einer unerklärlichen Stärke. Jeden Abend kniete er nieder und betete vor dem vergitterten Fenster. Ihm war vollkommen egal, was Aufseher dazu meinten. Ihm war wichtig, den Glauben an das Gute nicht zu verlieren. Er konnte sich nicht erklären, woher diese Kraft kam, doch es fühlte sich gut an. Zum ersten Mal nach diesen entsetzlichen Erlebnissen hatte er wieder die nötige Kraft und die Hoffnung all das durchzustehen. Schon bald wurde er als „geheilt" ins Gefängnis zurückverlegt. Und dort tat er einfach das, was er all die vielen Tage zuvor schon getan hatte, er betete und hoffte. Eines Nachts, als er sich zum Schlafen auf seine Pritsche legte, schaute er noch lange aus dem vergitterten Fenster nach draußen. Er sah den sternenklaren Himmel und bemerkte plötzlich, wie eine hell leuchtende Sternschnuppe über das Himmelszelt zog. Doch sie verlosch nicht, nein, sie wurde heller und heller. Und schließlich kam sie auch näher. Peter stand auf und beobachtete die vermeintliche Sternschnuppe von seinem Fenster aus. Wie ein Raumschiff aus einer anderen Galaxie sank die Sternschnuppe zur Erde herab. Und Peter konnte es kaum glauben, der Himmelskörper kam bis vor sein Fenster geflogen und schwebte dort minutenlang auf und ab. Peter war geblendet von der Helligkeit, doch er wunderte sich, dass niemand sonst Notiz von dieser Erscheinung nahm. Wie konnte das nur sein? Es war doch beinahe so hell wie am Tag. Warum bemerkte das keiner? Doch er konnte sich nicht mehr weiter wundern, denn plötzlich zischte es und wie ein Laser durchschnitt ein scharfer Lichtstrahl die Gitterstäbe seiner Zelle. Im Nu war das Gitter verschwunden und die Sternschnuppe verwandelte sich vor Peters Augen in einen Engel. Der lächelte ihn an und gab ihm Zeichen, sich an seinen Flügeln festzuhalten. Peter tat dies und war sofort von grellem, aber angenehmem Licht umgeben. Doch es war ganz seltsam, dieses Licht war so unglaublich behaglich, dass er die Flügel nie wieder loslassen wollte. In diesem Rausch bemerkte er gar nicht, wie sich der Engel blitzartig in die Lüfte erhob und durchs Universum flog. Peter sah nur dieses helle märchenhafte Licht um sich herum und glaubte sich bereits im Zauberland. Wie war das nur möglich? War das wirklich ein Engel oder nur die Aliens, die ihn entführen wollten? Aber er spürte so viel Liebe und

Zuneigung beim Anblick des wohltuenden Lichts, dass er diesen Gedanken schnell wieder vergaß. So etwas Unfassbares konnte nur ein Engel vollbringen. Und die beiden glitten durch Raum und durch Zeit und Peter vergaß alles, was ihn einst so belastete. Er vergaß den Kerker und die vielen Niederlagen und schlimmen Erlebnisse der letzten Tage. Er sah nur diesen zauberhaften Engel und plötzlich tauchte das Bildnis einer wunderschönen Frau vor ihm auf. Es war Meryl, die ihn da anlächelte. Wo kam sie nur her? War sie ebenfalls mit diesem Engel geflogen? Doch so schnell wie ihr makelloses Gesicht erschienen war, verschwand es auch schon und das Licht um ihn herum verschwand. Er bemerkte, dass er die ganze Zeit seine Augen geschlossen hatte, wie konnte er da nur all das sehen? Die beiden waren in einem dichten Wald gelandet. Und der Engel schaute Peter mit seinen großen Augen an, und er lächelte wieder so vertrauensvoll. Peter hatte Tränen in den Augen und konnte nicht glauben, was da mit ihm geschehen war. Er war frei und hatte gar nichts dafür tun müssen. Aber er wusste auch, dass er unschuldig in Haft gesessen hatte. Nur, was würde wohl geschehen, wenn man bemerkte, dass er geflohen sei? Da sprach der Engel plötzlich zu Ihm: „Bleibe drei Tage und drei Nächte in der Hütte dort vorn unter den Bäumen. Dann komme ich und hole Dich ab. Und Du wirst frei sein." Peter nickte nur ungläubig und der Engel erhob sich und flog davon. Etwas weiter vor sich entdeckte er tatsächlich diese Hütte.

Es war ein winziges Holzhäuschen, das halb verfallen zwischen dichtem Buschwerk und hohen Bäumen stand. Peter ging darauf zu und öffnete die knarrende Tür. Darin befanden sich nur ein Bett und ein Tisch. Weder fand er etwas zu essen noch zu trinken. Wie sollte er ohne all diese lebensnotwendigen Dinge überleben? Er legte sich erst einmal aufs Bett. Dort jedoch schlief er schließlich hundemüde und erschöpft ein. In seinen Träumen, konnte er nicht sehen, dass er drei Tage und drei Nächte durchschlief. Und als ihn jemand auf die Wange küsste, glaubte er, der Engel sei zurückgekommen. Verzückt öffnete er seine Augen und blickte in das lächelnde Gesicht von seiner geliebten Freundin Meryl. Sie stand vor ihm und wunderte sich, dass er so lange geschlafen hatte. Peter wollte ihr gerade von dem märchenhaften Engel berichten und sie fragen, wie sie den Weg in den Wald zu dieser seltsamen alten Hütte gefunden hatte. Doch als er sich umschaute, konnte er es nicht fassen. Er befand sich in einem komfortablen Hotelzimmer und all seine Sachen lagen wohl geordnet auf einem kleinen Schränkchen gegenüber des Bettes. Meryl hatte die Zeitung in der Hand und hielt sie freudestrahlend in die Höhe. „Du bist frei!", rief sie laut. Und ehe Peter überhaupt begreifen konnte, was da vor sich ging, sprach sie weiter: „Man hat den richtigen Täter auf frischer Tat gestellt und bei ihm Deinen Ausweis gefunden, Er hat bereits

alles gestanden und sitzt in Untersuchungshaft."
Peter konnte es nicht glauben. Konnte es wirklich
wahr sein, was er da hörte? War er wirklich frei?
Ihm schien das Ganze derart unwirklich, dass er
sich erst einmal in den Arm zwicken musste.
Doch als das wehtat, wusste er, dass er nicht
mehr träumte. Alles war real. Und er erinnerte
sich an das, was der Engel zu ihm sagte. Er
musste tatsächlich drei Tage und Nächte durch-
geschlafen haben. Aber warum war er zwischendurch nicht aufgewacht? War er wirklich so müde? Und warum kam der Engel nicht noch einmal zu ihm? Er wollte sich doch so gern bei ihm
bedanken. Aber der Engel kam nicht mehr. Und
außerdem war Meryl bei ihm. Die beiden um-
armten sich und küssten sich schließlich heiß
und innig. Sie wussten, dass sie füreinander be-
stimmt waren. Dieses fantastische Wunder, welches er erleben durfte, hatte er nur diesem Engel
zu verdanken. Doch waren es nicht auch seine
grenzenlose Hoffnung und seine unbändige
Kraft, die ihn zu dieser Schicksalswendung gebracht hatten? Nur sein starker Wille, leben zu
wollen und die Kraft, alles durchzuhalten, be-
lohnte ihn schließlich. Und der Engel war am
Ende nur ein Produkt seiner Seele, seiner wun-
dervollen Träume, oder? Er wollte nicht weiter
darüber nachdenken. Er war froh, dass er dieses
Glück haben durfte und ein solch unglaubliches
Wunder erleben konnte. Er hatte zu seinem Leben zurück gefunden und er dankte Gott für dieses neue Leben. Peter und Meryl wurden ein

Paar und lebten glücklich in der großen Stadt. Und Peter genoss jeden Tag sein neues Leben. Er war sich ganz sicher, dass es Engel gab. Man musste nur ganz fest daran glauben. Und außerdem lebte er ja nun dort, wo es leicht fiel, daran zu glauben. Er war in Los Angeles, der Stadt der Engel …

## S-Bahn-Fahrt des Grauens

Vor einigen Jahren lebte ich in Berlin. Ich studierte an der dortigen Universität und besaß kaum Geld. Und ausgerechnet in dieser Zeit hatte ich ein sehr merkwürdiges Erlebnis, an welches ich mich erst kürzlich wieder erinnerte. Damals lebte ich zur Untermiete bei einer alten Dame, Frau Spindler. Sie sorgte wirklich sehr fürsorglich für mich und erließ mir sogar eine Monatsmiete, weil ich mich erst einleben musste. Trotzdem blieben mir immer noch sehr hohe Ausgaben. Am teuersten war die S-Bahn und ich musste mir schon bald eine Wochenkarte kaufen, damit ich die Kosten unter Kontrolle halten konnte. Ich hatte mal wieder einen sehr stressigen Tag vor mir und musste schnellstens in die Uni. Eigentlich hatte ich mich verspätet, weil ich einfach nicht aus dem Bett kam. Deswegen hatte Frau Spindler schon einen Kaffee für mich gebrüht. Zum Frühstücken aber kam ich nicht mehr. Ich nahm meine Tasche und zog mir noch im Gehen die Jacke über. Als ich auf den Bahnsteig kam, wo die S-Bahn fuhr, wunderte ich mich, dass kein Mensch dort wartete. So etwas kannte ich nicht, denn die anderen Tage war der Bahnsteig regelrecht überfüllt. Ich überlegte, ob vielleicht ein Feiertag ... aber dieser Tag war kein Feiertag. Es war ein ganz normaler Mittwoch. Ich fand das sehr sonderbar. Auch die Fahrkartenautomaten funktionierten nicht. Als die S-Bahn einfuhr wurde alles noch viel mysteriöser. Denn der gesamte Zug war menschenleer. Das konnte doch gar nicht sein. Ich zögerte, dachte, es wäre ein Zug, der nur ins Depot gefahren wurde. Irritiert schaute ich auf die Anzeige über dem Gleis. Doch dort stand gar nichts. Wieso wurde nicht angezeigt, wohin diese S-Bahn fuhr? Die Türen öffneten sich und der Zug schien so lange zu warten, bis ich endlich eingestiegen war. Ich schaute auf die Uhr und stieg schließlich ein. Ich setzte mich ans Fenster und der Zug setzte sich in Bewegung. Immer schneller wurde der Zug und die Landschaft flog wie ein zu schnell abgespulter Film vor dem Fenster vorbei. An der nächsten Station hielt der Zug und wieder entdeckte ich keine Leute. Niemand stieg aus, keiner stieg ein. Nur dutzende Fledermäuse flatterten wie Geister durch die Station. Das Licht flackerte und ein seltsam kühler Wind drang durch die offenen stehenden Türen in den Zug. Und wieder schlossen sich die Türen und der Zug setzte sich in Bewegung. Diesmal schien er noch viel schneller zu fahren als eben noch. Er raste über die Gleise, dass es mir bereits Angst und Bange wurde. An der nächsten Station sah es noch viel furchterregender aus. Anstelle des Schildes, welches sonst den Namen der Station anzeigte, hing ein großes schwarzes Kreuz über dem Bahnsteig. Überall standen Grabsteine und der Bahnsteig glich eher einem Friedhof als einer Bahnstation. Ich spürte, wie die Angst in mir nach oben kroch. Der eiskalte Wind fegte durch die offenen Türen wie der kalte Hauch des Todes. Mir zog eine Gänsehaut über den Rücken. Die Türen schlossen sich und der Zug raste los. Und diesmal schiene er wie durch einen Tunnel zu rasen. Es wurde stockdunkel und irgendwann flirrten grelle Lichtpunkte wie Sterne an den Fenstern vorbei. Ich verstand nicht, was in diesem furchtbaren Zug vor sich ging. Es grenzte bereits an Hexerei. War der Zug verflucht? Aber so etwas konnte doch gar nicht möglich sein, oder doch? Es dauerte sehr lange, bevor der Zug endlich langsamer wurde. Als er hielt, bekam ich schließlich den Schock meines Lebens. Die Bahnstation, an welcher der Zug hielt, war die gleiche Station, an welcher ich losgefahren war. Wie konnte so etwas nur möglich sein? Waren wir im Kreis gefahren? Aber konnte das wirklich funktionieren? Zunächst wollte ich nicht aussteigen. Doch auf dem Bahnsteig stand ein seltsamer alter Mann in einem schwarzen Mantel. Er sah furchterregend aus- sein Gesicht war weiß und verhärmt. Er nickte mir zu und lief in Richtung Ausgang. So schnell ich konnte stieg ich aus und lief dem Fremden hinterher. Draußen auf der Straße herrschte wieder ganz normaler Betrieb. Doch den Fremden sah ich nirgends mehr. Ich schaute auf die Uhr und stutzte, denn seit meiner Abfahrt schien die Zeit nicht mehr vergangen zu sein. Ich wunderte mich darüber, denn der Sekundenzeiger bewegte sich ganz normal. Auch die Bahnhofsuhr zeigte diese Zeit an. Irritiert rannte ich zu meiner Unterkunft zurück und musste erst einmal abschalten.

Als ich die Tür öffnete, spürte ich schon, dass irgendetwas nicht stimmte. In der Küche sah ich schließlich, was geschehen war. Auf dem Fußboden lag Frau Spindler und rührte sich nicht. Ich sprach sie an und stellte glücklicherweise fest, dass sie noch lebte. Sofort rief ich den Notarzt und Frau Spindler konnte gerettet werden. Sie hatte einen Herzinfarkt erlitten und lag schon einige Minuten auf dem Boden. Wäre ich nicht gekommen, wäre sie mit Sicherheit gestorben. Die Ärzte dankten mir für meine Hilfe. Und als Frau Spindler aus dem Krankenhaus entlassen werden konnte, war sie überglücklich und spendierte mir eine Wochenkarte für die S-Bahn. Das allerverrückteste aber war, dass an jenem Morgen, an welchem ich diese Irrfahrt mit der S-Bahn erlebte, der S-Bahn Betrieb wegen Gleisbauarbeiten auf dieser Strecke eingestellt war …

### Comeback

Allie Leland lebte seit vielen Jahren sehr zurückgezogen in Hollywood.
Einst war sie eine gefeierte Sängerin und jeder liebte sie. Doch wenn sie heute den Sunset Boulevard entlang schritt beachtete sie kaum noch jemand. Das ließ sie sehr traurig werden und sie wünschte sich doch so sehr ein großes Comeback. Aber wer sollte sich schon für sie einsetzen? Keiner der alten Produzenten lebte noch und diejenigen, welche sie noch kannten, interessierten sich längst für junge Sternchen, denen das Geld oft wichtiger war als die Kunst.
So lief Allie jeden Sonntag den langen Weg in eine kleine Kirche am Rande der Stadt und betete zu Gott, dass vielleicht einmal ein Engel käme, der nur für sie da wäre. Aber wenn sie dann die Kirche wieder verließ, holte sie die Einsamkeit und die Hoffnungslosigkeit wieder ein. Es war einer der vielen Sonntage, an dem sie wieder einmal ganz allein den langen Weg in die Kirche antrat. Sie fühlte sich irgendwie schwach und sehr schlecht. Eigentlich wollte sie gar nicht aus dem Haus gehen, denn was sollte das schon noch bringen. Doch ein ganz seltsames Gefühl trieb sie an. Sie konnte sich gar nicht erklären, woher es kam und so lief sie schließlich los. In der kleinen Kirche saßen an diesem Sonntag nicht sehr viele Menschen. Der Pfarrer aber hatte eine ganz besondere Überraschung für die Leute. Eine Sängerin aus dem fernen Sydney würde auftreten und

die schönsten Weihnachtslieder singen. Das interessierte auch Allie, denn sie hatte schon seit Jahren keine Weihnachtslieder mehr gesungen. Zunächst aber gab es den gewohnten Gottesdienst und Allie liefen Tränen übers Gesicht. Denn bald war Heiliger Abend und sie würde wohl wie schon so oft ganz allein in ihrem Hause sitzen und von den alten Zeiten träumen. Als der Pfarrer die Künstlerin ankündigte, warteten alle gespannt, wer da wohl erscheinen würde. Doch die Bühne blieb leer. Die Leute schauten sich ratlos an - wo blieb die Sängerin? Als der Pfarrer sich erkundigte, was mit der Dame sei, erfuhr er, dass die Maschine der Sängerin nicht in Los Angeles gelandet sei. Sie konnte also nicht auftreten. Die Leute waren enttäuscht und wollten gerade wieder gehen, da stand Allie auf und rief laut: „Wartet! Geht nicht! Ich springe ein!" Der Pfarrer schaute zunächst noch ein wenig misstrauisch zu Allie. Doch als die zielsicher zur Bühne schritt und sich voller Enthusiasmus hinters Mikrofon stellte, schwanden seine anfänglichen Bedenken. Er nickte ihr aufmunternd zu und die Leute schauten gespannt zu ihr. Die Orgel begann zu spielen und es ertönte ein Weihnachtslied nach dem anderen. Und Allie sang so wunderbar, dass den Leuten die Tränen in den Augen standen. Und nachdem Allie die ersten Lieder gesungen hatte, verneigte sie sich. In diesem Moment war es ihr egal, ob es den Leuten gefiel oder nicht. Sie stand auf der Bühne, so wie damals und hatte gesungen. Und sie wusste, dass sie gut war.

Nein, sie war wunderbar, denn es setzte ein tosender Applaus ein und selbst der Pfarrer musste sich die Tränen aus dem Gesicht wischen. Vergessen schien die Künstlerin aus Sydney. Vergessen auch Allies Hoffnungslosigkeit und ihre Trauer, wohl nie mehr auftreten zu dürfen. Sie schaute in die dankbaren Gesichter der Menschen und fühlte sich so gut wie schon lange nicht mehr. Und weil die Leute im Chor: "Dakapo!" riefen, sang sie einfach weiter. Und wieder spielte die Orgel die wundervollsten Melodien und wieder sang Allie mit brillantester Stimme und erweichte die Herzen und die Seelen der Leute. Und sie fühlte etwas, dass sie schon lange nicht mehr gefühlt hatte, ihr Herz. Es schlug im Takt der Musik und ihre Seele wusch sich rein. Ja, dieser Augenblick müsste ewig dauern. Und den ganzen Vormittag sang sie und die Kerzen am Weihnachtsbaum leuchteten so hell, als sei bereits Heiliger Abend. Selbst die Kinder, die in der Kirche saßen, hörten aufmerksam zu und klatschten am Ende eines jeden Songs laut Beifall. Sie freuten sich so sehr, dass Allie nicht mehr aufhören konnte zu singen. Sie sang an diesem Tage nur für sie und die Leute, die in der kleinen Kirche saßen. Und plötzlich öffnete sich die Kirchentür und dutzende Menschen strömten herein. Alle wollten Allie sehen. So voll war die kleine Kirche wohl noch nie. Die Leute standen in den Gängen und zwischen den Sitzreihen und waren fasziniert von Allies Gesang. Sie schienen

gar nicht zu wissen, dass solch ein großer Star unter ihnen lebte.
Warum nur hatte Allie nie in der Kirche gesungen? Dort, im Hause des Herrn wäre sie doch immer willkommen gewesen. Und alle hätten sie geliebt. Denn sie konnte doch etwas, sie war so gut, dass sie immer dort hätte singen können. Nachdem das Konzert beendet war, ließen die Leute Allie einfach nicht mehr von der Bühne. Nach dem unzähligsten Dakapo aber konnte Allie nicht mehr. Sie musste sich erst einmal stärken und verließ die Bühne. Der Pfarrer hatte längst eine große Flasche Mineralwasser für sie organisiert und gab ihr ein Glas davon. Allie setzte sich neben den Alter und schaute auf das Kreuz, welches dort stand. Da bemerkte sie ein merkwürdiges Leuchten und das Kreuz erstrahlte und funkelte, dass sie schon bald wieder zu Kräften kam. Eine seltsame Wärme durchfloss ihren Leib und es fühlte sich so gut an, dass sie aufstand und noch einmal auf die Bühne trat. Und noch einmal sang sie ein Weihnachtslied: Stille Nacht. Plötzlich läuteten die Glocken des Kirchturms und der Pfarrer stand neben der Bühne und sagte leise: „Amen." In den folgenden Tagen wurde Allie oft in die Kirche geholt. Sie sollte singen und an Weihnachten gestaltete sie sogar ein eigenes Weihnachtsprogramm. Es erklangen christliche Lieder und sie wurde geliebt, wie sie es sich nie erträumt hatte. Nun wurde Allie noch einmal berühmt, so wie alten Zeiten. Es war ihr großes Comeback. Man

schrieb in allen Zeitungen über sie. Und Hollywood hatte einen neuen Star: die Kirchensängerin Allie Leland! Später stellte sich heraus, dass das Flugzeug, welches die Künstlerin aus Sydney einfliegen sollte, eine sonderbare Information erhielt. Man leitete das Flugzeug wegen Nebels in Los Angeles auf einen anderen Airport um. Doch Nebel hatte es seit Monaten keinen mehr in L.A. gegeben …

## Weiße Taube

Es war am Abend des 24. Dezember, am Heiligen Abend. Die Bescherung war längst vorüber und die kleine Familie saß bereits beim Essen. Mutter Anne und Sohn Jason waren glücklich, glücklich, dass sie sich hatten und jedes Jahr Weihnachten miteinander verbringen konnten. Doch an diesem Weihnachten trübte etwas die Freude. Anne hatte kurz vor Weihnachten ihren Job verloren und musste nun zusehen, wie sie ihren kleinen Jason durchbrachte. Die Stütze reichte nicht aus und das, was sie sich mit Näharbeiten dazuverdiente, machte sie auch nicht wesentlich reicher. Trotzdem gab sie nicht auf. Schließlich erwartete Jason, dass ihn seine Mutter nicht im Stich ließ. Doch der war nicht dumm und wusste längst, wie es um die beiden stand. Aber er jammerte nicht und freute sich, dass er mit seiner Mutter feiern konnte. Draußen vorm Haus hatte es zu schneien begonnen und Anne schaute mit ihrem Sohn noch sehr lange aus dem Fenster. Viele Gedanken gingen ihr durch den Kopf. Was würde mit dem Haus? Lange könnte sie es nicht mehr halten und dann müsste sie es verkaufen. Oder der Gerichtsvollzieher würde es pfänden. Wäre das dann schon das Ende? Sie wollte einfach nicht mehr weiterdenken, hielt ihren Sohn ganz fest in ihren Armen. Der beobachtete die sanft vom Himmel fallenden Flocken und wusste, dass seine Mutter Angst hatte. Und er ahnte, dass sie wohl nicht mehr ewig in dem kleinen Haus am

Wald leben könnten. Die beiden hatten Tränen in den Augen und Anne meinte schließlich, dass es Zeit wäre, ins Bett zu gehen. Sie waren auch schon so müde, dass es ohnehin nichts brachte, weiter über alle Not und die schlimmen Probleme nachzudenken. Es half ja doch nichts, sie mussten da eben durch. Es blieb nur die vage Hoffnung, dass es nicht noch schlimmer käme, denn dann wäre alles vorbei! Die beiden legten sich in ihre Betten und konnten doch nicht einschlafen. Anne ging noch immer so viel durch den Kopf. Warum nur der schreckliche Unfall damals, als Jim ums Leben kam. Gerade er musste gehen. Sie hatte ihn so geliebt und Jason sah ihm wie aus dem Gesicht geschnitten ähnlich. Er lachte auch so frech wie Jim. Warum nur musste alles so schlimm kommen, warum? Sie schaute durch die Gardine zum Himmel hinauf, doch der schwieg. Nur die Flocken schwebten sanft zur Erde herab. Dabei hätten die beiden so dringend ein Wunder gebraucht. Irgendwann schliefen sie ein und bemerkten nicht, dass sie die Kerzen auf dem Tisch im Wohnzimmer des Hauses zu löschen vergaßen. Da auch das Fenster, durch welches sie eben noch gemeinsam geschaut hatten, nicht richtig verschlossen war, drückte es der plötzlich aufkommende Wind auf. Der Luftzug fegte die Kerzen vom Tisch und die Glut des Dochtes fiel auf den Teppich. Sehr schnell fing er Feuer und brannte schon nach kurzer Zeit lichterloh. In rasanter Geschwindigkeit breitete sich das Feuer aus. Nach einer halben Stunde stand das gesamte Erdgeschoss in Flammen. Anne bemerkte einen beißenden Geruch. Sie hatte eine schwache Ahnung und sprang aus dem Bett. Doch als sie die Schlafzimmertür öffnete, war es bereits zu spät. Die Flammen standen schon auf der schmalen Treppe und fraßen sich schnell auf den Flur in der oberen Etage. Jasons Zimmer befand sich gleich neben Annes Schlafzimmer. In Windeseile nahm sie eine Decke und rannte in Jasons Zimmer. Der schlief wohl noch und Anne rüttelte ihn. Da er nicht gleich reagierte, nahm sie alle Kräfte zusammen und hob Jason aus dem Bett. Jetzt ging es um Sekunden! Jason war schwer, doch sie konnte ihn halten, da züngelten bereits die ersten Flammen in der Tür. Anne überlegte gar nicht lange. Sie wusste, dass sie zur Tür nicht mehr herauskamen und öffnete das Fenster. Der Luftzug setzte augenblicklich und mit einem lauten Knall das ganze Zimmer in Brand. Anne schaffte es in buchstäblich letzter Sekunde, aus dem Fenster zu springen. Glücklicherweise befand sich unter den Fenstern ein Sandhaufen und die beiden landeten relativ sanft. Unterdessen war Jason wach geworden und schrie wie am Spieß. Er begriff gar nicht, was geschehen war und fuchtelte nur mit seinen Armen und Beinen in der Luft herum. Die Anstrengung war wohl zu viel für Anne. Ihr wurde schwindlig. Doch Schwäche zeigen lag ihr nicht. Blitzschnell nahm sie ihren Sohn an die Hand und die beiden konnten sich gerade noch rechtzeitig in Sicherheit bringen, bevor die ersten

brennenden Trümmerteile herunter fielen. Irgendwann stürzte schließlich das ganze Haus in sich zusammen und vor den Augen der beiden verwandelte sich die allerletzte Hoffnung in einen verkohlten Schutthaufen.
Nichts war mehr geblieben und beinahe wären sie sogar selbst ums Leben gekommen. Lange saßen die beiden unter dem kleinen Mandelbaum, unter den sie sich geflüchtet hatten. Sie konnten gar nicht mehr weinen, so schlimm war der Anblick ihres zerstörten Zuhauses. Wie sollte es nun weitergehen? Wie sollten sie weiterleben? Sie hatten nichts mehr, gar nichts mehr. Sie schauten sich in ihre rußverschmierten Gesichter und wussten nicht mehr, was sie denken sollten. Sollte das ein Heiliger Abend sein?
Als die Feuerwehr kam, war schon alles vorbei. Man untersuchte die beiden und brachte sie in eine Notunterkunft. Doch wovon sollten sie sich eine neue Bleibe kaufen? Anne war total verzweifelt und vollkommen am Ende. So viel Unglück auf einem Haufen hatte sie nicht vermutet. Sie glaubte bereits, der Teufel hatte seine Hand im Spiel. Doch was nutzte das schon? Diese Erkenntnis brachte ihnen auch keine neue Unterkunft mehr. Es war die blanke Not, welche sich tief in ihren Gesichtern eingebrannt hatte. Anne hatte recht seltsame Gedanken. Was wäre, wenn sie ihrem Leben und dem ihres Sohnes einfach … doch sie verwarf ganz schnell diese Wahnidee. So etwas wollte sie niemals denken, nie! Es musste weitergehen, irgendwie! Und so be-

schloss sie, sich als Putzfrau irgendwo in der Stadt zu bewerben. Aber auch das gestaltete sich mehr als schwierig. Keiner wollte sie einstellen, denn sie hatte einen Sohn und keinen Mann daheim. Anne verstand die Welt nicht mehr. Irgendwann mussten sie aus dem Obdachlosenasyl ja raus und dann wären sie auf der Straße und allen Gefahren ausgeliefert. Das durfte niemals geschehen. Und es war ja Weihnachten! In der darauf folgenden Nacht ging sie zu den Überresten des Hauses und kniete sich in die erloschene Asche. Sie hatte dicke Tränen im Gesicht und dachte in einem fort nur noch an ihrem kleinen Jason. Was sollte denn nur aus ihm werden, wenn sie keine Lösung fand? Es durfte doch nicht sein, dass er keine Chance mehr bekam. Es durfte nicht sein. Und völlig verzweifelt faltete sie ihre Hände und schaute zu den unzähligen funkelnden Sternen dort oben am Firmament. Da sah sie den Schweif einer Sternschnuppe am nachtschwarzen Himmel und sie senkte den Kopf. Leise sprach sie: „Ach lieber Gott, wenn es Dich gibt, dann hilf meinem kleinen Jason. Nimm mich an dessen Stelle und lasse es ihm wieder gut gehen. Wenn es Dich wirklich dort oben gibt, dann finde einen Weg aus dieser furchtbaren Not. Tu es nicht für mich, tu es für Jason. Er hat doch sonst keinen mehr. Nicht einmal mehr seinen Vater. Du kannst doch nicht wollen, das gerade jetzt an Weihnachten ein so kleiner Junge so traurig ist und weint." Ihre Tränen und der dicke Kloß im Hals verwehrten ihr das Weitersprechen. Sie starrte in die Dunkelheit und dachte immerzu nur an Jason. Und sie dachte an Jim, der so früh gegangen war. Sie konnte nicht glauben, dass all ihre Mühen und ihre Hoffnung für Jason vergeblich gewesen sein sollten. Da hörte sie ein Gurren über sich. Sie schaute hinauf und sah, wie eine kleine weiße Taube über ihrem Kopf umherflatterte. Sie flog noch eine kleine Runde und setzte sich schließlich auf einen verkohlten Balken, von wo aus sie Anne lange anschaute. Dabei bewegte sie ihr Köpfchen ganz sacht und Anne lächelte das kleine Täubchen an. Sie konnte sich gar nicht erklären, woher diese Taube so plötzlich gekommen war, denn immerhin war es Nacht und was wollte die Taube schon auf einem abgebrannten Trümmerhaufen? Doch die Taube kam ein wenig näher und pickte Anne in den Finger. Das tat jedoch gar nicht weh. Irgendwie schien die Taube etwas von ihr zu wollen. Schließlich sprang die Taube auf den eingestürzten Kaminschacht und schlug lange mit ihren Flügeln. Dann setzte sie sich auf den Balken zurück und schaute Anne wieder so seltsam an. Anne konnte sich das nicht erklären, aber sie verspürte plötzlich den Drang, zu diesem Kaminschacht zu klettern und nachzuschauen, was dort sein konnte. Sie fand diese Idee zwar sonderbar, doch sie musste es tun. Außerdem war es doch ohnehin egal, ob sie das tat oder eben nicht. Was sollte schon noch passieren? Und so raffte sie sich auf und kletterte über die Balken und die verbrannten Reste des Hauses zu dem Kaminschacht hin. Auch die kleine Taube kam dorthin geflogen und schlug wieder mit ihren Flügeln. Anne wusste nicht, was das zu bedeuten hatte. Sie konnte einfach nicht verstehen, was die Taube ihr zeigen wollte. Mit ihren Händen hob sie die verbannten Ziegelsteine aus dem Schacht und sah bald aus wie ein Schornsteinfeger. Und die Taube flog nicht fort. Sie beobachtete Anne interessiert und gurrte zwischendurch immer und immer wieder. Anne wollte ihre Suche gerade aufgeben, da stieß ihre Hand an etwas Metallisches. Zunächst glaubte sie, es sei ein Trümmerteil des Kamins. Doch das war es nicht. Sie zog noch einmal kräftig an dem Gegenstand und barg schließlich eine rätselhafte Metallkassette aus dem Schutt. Staunend betrachtete sie sich das verrußte Fundstück und versuchte, den Deckel zu öffnen. Doch das ging nicht, denn die Kassette war verschlossen. Und einen Schlüssel konnte sie in den Trümmern nirgends entdecken. Sie hob die Kassette an und rüttelte sie heftig hin und her. Im Inneren klapperte irgendetwas. Mit einem herumliegenden Stein schlug sie schließlich auf das Schloss ein. Irgendwann gab es nach und der Kassettendeckel sprang auf. Was Anne dann erblickte konnte sie zunächst gar nicht glauben. Vor ihr glitzerte und funkelte es im matten Licht des Mondes und die Taube kam und setzte sich auf den offenstehenden Deckel. Unter einer Schmuckschatulle lagen mehrere Bündel Geldscheine. Es mussten wohl Tausende Dollar sein, die sie in ihren Ruß verklebten Händen hielt. Unter all dem Geld entdeckte sie außerdem noch mehrere Schriftstücke, das mussten irgendwelche Aktien sein. Doch so genau konnte sie es nicht erkennen. Schließlich flatterte ihr ein Brief vor die Füße. Sie nahm ihn an sich und öffnete ihn. Im schwachen Mondlicht konnte sie einige Zeilen entziffern, und sie erkannte die Schrift, es war ein Brief ihres verstorbenen Mannes Jim. Die Taube erhob sich und flatterte noch einige Male um Annes Kopf bevor sie in der Dunkelheit verschwand. Die junge Frau schaute ihr noch lange hinterher. Und Fragen schossen ihr durch den Sinn: Hatte Jim damals all das viele Geld zurückgelegt? Und warum hatte er nie etwas gesagt? Sie nahm die Kassette an sich und lief zurück in die Notunterkunft zu Jason. Der lag in seiner Koje und schlief. Anne wusch sich erst einmal den Ruß vom Gesicht und von den Händen. Dann setzte sie sich an den kleinen Tisch neben den Betten und las im Licht einer kleinen Nachttischlampe Jims Brief: „Liebe Anne. Wenn Du das liest, bin ich längst tot. Ich habe eine schwere Stoffwechselerkrankung und werde vermutlich bald sterben. Doch ich habe etwas zurückgelegt. Und ich habe Aktien gekauft. Und noch etwas - bitte nimm dies Collier. Es gehörte einst meiner geliebten Mutter. Wenn Du mal so sehr in Not bist, dass Du nicht mehr weiter weißt, dann verkaufe es. Es soll aber nur Jason zugutekommen. Der Rest ist für Dich mein Schatz. Und nun adieu, ich liebe Dich, Jim" Die letzten Worte konnte Anne gar nicht mehr so richtig lesen, denn die Tränen liefen ihr in Strömen übers Gesicht. Doch sie hatte Angst, Jason könnte erwachen und sie weinen sehen. Sie musste ihre Tränen verbergen. Jason musste immer sicher sein, dass seine Mutter stark war und ihm helfen würde. Und so wischte sie sich auch dieses Mal die Tränen aus dem Gesicht und lächelte ihren kleinen Sohn an. Sie zog ihm die etwas verrutschte Decke wieder nach oben und gab ihm ein Küsschen auf die Stirn. Denn es war ja Weihnachten. Am nächsten Tag fuhr sie mit ihm in die Stadt, um den Schmuck schätzen zu lassen. Auch das Geld hatte sie gezählt. Es waren genau fünfzigtausend Dollar. Das Collier brachte sogar 150.000 Dollar ein, und sie legte das Geld für Jason an. Die Aktien lagen gut im Kurs und brachten noch einmal Hunderttausend. Die beiden konnte ihr Glück nicht fassen. Von dem Geld konnten sie sich ein neues kleines Häuschen kaufen und Jason war versorgt. Nur darum ging es Anne. Sie wollte ihren Sohn wieder lachen sehen. Und so langsam ging es aufwärts mit den beiden. Anne bekam wieder einen Job und Jason fehlte es an nichts. Welch ein Glück kehrte da in die kleine Familie zurück. Als Anne ein Jahr später mit Jason vorm Weihnachtsbaum saß, klopfte es plötzlich gegen die Scheiben. Die beiden wunderten sich, denn wer sollte um diese Uhrzeit schon noch kommen. Als Anne das Fenster öffnete, saß eine kleine Taube auf dem Fensterbrett und gurrte fröhlich vor sich hin. Anne streichelte sie, denn sie wusste längst, wer die kleine Taube war. Sie trug einen Ring um eines ihrer Füßchen. Es war der Ehering ihres verstorbenen Mannes Jim …

## Der Hochsitz

Es war ein wunderschöner Wintertag. Es hatte geschneit und ich wollte unbedingt in den Wald, um ein bisschen durch die Natur zu wandern. Sehr oft ging ich in den Wald, besonders im Winter. Ich mochte diese weiß gepuderten Äste der Bäume und den Geruch nach Unbekanntem, nach Kälte und nach Ruhe. Auch an diesem Sonntag zog ich mich warm an und lief einfach los. Die Sonne erwärmte den Morgen ein kleines bisschen, und doch lag der Schnee recht hoch auf den Wegen, die durch den dichten Wald führten.
Eine ganze Weile war ich unterwegs, da entdeckte ich einen Hochsitz. Einsam stand er zwischen den Bäumen und ich blieb stehen, um ein wenig zu verschnaufen. Mein Atem zeichnete kleine weiße Wölkchen in die Luft und ich überlegte, ob ich nicht einmal auf den Hochsitz klettern sollte. Noch nie zuvor hatte ich mir so etwas getraut und auch diesmal wusste ich nicht, ob ich es einfach tun sollte. Es war eine gewisse Angst, die mich noch zögern ließ, aber dann fasste ich mir ein Herz. Mutig und entschlossen erklomm ich die aus Baumstämmen gezimmerte wackelige Leiter und fand mich schließlich in einer kleinen hölzernen Kemenate wieder. Es duftete angenehm nach Tannen und nach Kiefernholz und die Aussicht aus dem schmalen Schlitz, der als Fenster diente, war einfach grandios.
Eine ganze Weile stand ich am Ausguck und beobachtete die wunderschöne Natur. Es hatte

zu schneien begonnen und es wurde ein wenig trübe. Da bemerkte ich zwischen den Bäumen einen dunkel gekleideten Mann. Mühsam stakste er durch das Unterholz und schien wohl ebenfalls zu meinem Hochsitz zu wollen. Mir wurde es heiß und kalt-was, wenn er mich hier erwischte? Am Ende war es der Förster und ich musste Strafe zahlen. Doch was dann geschah, konnte ich beinahe nicht glauben.

Ein lauter Knall zerriss jäh die Ruhe und der Mann fiel zu Boden. Wie ein heftiger Blitz fuhr mir der Schreck durch die Glieder und mir wurde schlagartig klar, dass dies ein Schuss gewesen sein musste. Ängstlich wagte ich einen Blick nach draußen, starrte zu dem Mann, der leblos im Unterholz lag und bemerkte zur gleichen Zeit eine Person, die es ziemlich eilig zu haben schien. Ich wusste nicht genau, ob ich laut schreien- oder mich sicherheitshalber verbergen sollte. Eine Weile wartete ich ab, dann kletterte ich flugs die Leiter nach unten und suchte nach dem Mann. Ich fand ihn schnell und rief mit meinem Handy einen Notarzt herbei. Glücklicherweise konnte der Mann gerettet werden, doch auf die Frage, wer ihm nach dem Leben trachtete, schwieg er beharrlich. Es war nichts aus ihm herauszubekommen und der ermittelnde Kommissar verzog genervt sein Gesicht. Ich erzählte ihm von meiner Beobachtung, von der unbekannten Person, die ich zufällig gesehen hatte und die vermutlich geschossen hatte. Der Kommissar schaute mich mit großen Augen an und erkundigte sich, ob ich den Fremden beschreiben könnte. Leider konnte ich es nicht. Dafür fand man in der Nähe des Fundortes des Angeschossenen ein Jagdgewehr, und es stellte sich heraus, das mit diesem Gewehr auf den Mann geschossen wurde. Mir erschloss sich zwar nicht so ganz, wieso der Täter die Waffe im Wald zurück gelassen hatte. Doch dann leuchtete mir ein, dass er wohl glaubte, die Polizei würde im dichten Unterholz das Gewehr nicht finden können.

Tage später ging es dem Mann, den ich gerettet hatte, schon merklich besser und wir trafen uns zu einem kleinen Gespräch. Dabei erzählte er mir, dass er gern und oft in den Wald ging und eigentlich nie Probleme hatte. Seit dieser Zeit trafen wir uns oft und gingen zusammen zu dem Hochsitz, um von dort den Wald und die Ruhe zu genießen. Ich erfuhr viel von ihm, von seiner Familie und seinen beiden Kindern, die er sehr liebte. Eines Tages brachte er sie sogar mit und wir wanderten gemeinsam den ganzen Tag durch den Wald. Dennoch ließ uns ein ungutes Gefühl nicht ganz sorglos durch die Natur ziehen. Immerhin war der Täter noch immer nicht gefunden und die Gefahr war noch immer nicht gebannt.

Es war an einem heißen Sommertag, als wir mal wieder auf den Hochsitz stiegen. Da bemerkten wir eine junge Frau, die arglos durch den Wald wanderte. Nicht weit von ihr bemerkten wir eine dunkel gekleidete Person und ich erinnerte mich, dass auch an jenem Tag, an welchem mein Begleiter angeschossen wurde, eine solche Person durch den Wald gelaufen war. Immer näher kam die Person und wir stellten fest, dass es ein Mann war, der es wohl auf die junge Frau abgesehen hatte. Unvermittelt zog die Person einen Revolver aus der Jackentasche und verbarg sich hinter einem Baum. Wir wollten die junge warnen, riefen aus vollem Hals, doch sie konnte uns nicht hören. Plötzlich allerdings wendete sich das Blatt und wir konnten nicht glauben, was wir sahen. Aus dem Hochsitz zuckte ein greller Blitz wie ein Laserstrahl in Richtung des Fremden und schlug ihm den Revolver aus der Hand. Von der Wucht des Blitzes getroffen, fiel er sofort um. In Windeseile kletterten wir vom Hochsitz, rannten zu dem Schützen und überwältigten ihn. Schnell war der vollkommen Überrumpelte an einem dicken Baumstamm fixiert, denn im Hochsitz lag ein straffes Seil, welches wir dazu nutzten. Die junge Frau, die noch immer nicht verstand, worum es überhaupt ging, atmete erleichtert auf und wusste gar nicht, wie sie sich bedanken sollte. Als die Polizei eintraf, gestand der Fremde, dass er die junge Frau erschießen wollte.

Es stellte sich heraus, dass es dessen Ehefrau war und er es schon einmal versucht hatte, damals, als mein Wanderbegleiter angeschossen wurde. Damals hatte er sich geirrt, weil er annahm, seine Frau würde durch den Wald laufen. Er wurde noch am selben Tag dem Haftrichter vorgeführt und eingesperrt. Woher der Blitz wirklich gekommen war, konnte nie ermittelt werden. Fest stand nur, dass der Hochsitz einst von einem alten Ranger errichtet worden war, der später von einem Fremden erschossen wurde. Der Täter konnte damals nicht ermittelt werden, doch es kam schließlich heraus, dass es unser Täter war, der einst den Ranger erschossen hatte …

# INHALT

| | |
|---|---|
| 5 | Brücke |
| 12 | Fahrrad |
| 16 | Spuk |
| 26 | Der Turm |
| 41 | Klinik des Grauens |
| 46 | Geburt |
| 53 | Motel |
| 59 | Kleines Wort |
| 66 | Allerletzter Zeuge |
| 70 | Autounfall |
| 76 | Geisterhaus |
| 83 | Friedhofsverlegung |
| 89 | Engel der Freiheit |
| 98 | S-Bahn-Fahrt des Grauens |
| 102 | Comeback |
| 107 | Weiße Taube |
| 117 | Der Hochsitz |